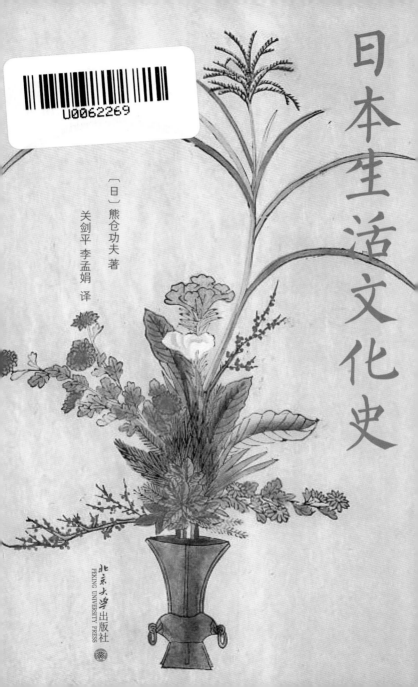

日本生活文化史

〔日〕熊仓功夫 著

关剑平 李孟娟 译

北京大学出版社
PEKING UNIVERSITY PRESS

目录

前　言

从生活和艺术的角度审视日本生活文化的做法比较罕见。它告诉我们，在日本，生活与艺术融为一体，或者试着融为一体，由此形成日本生活文化。

明治维新之前，既没有生活的概念，也没有艺术的概念。即使存在，也与今天的含义大相径庭。在江户时代，"艺术"一词指的是武术的技巧和工匠的技能，与西方现代的"艺术"含义完全不同，后者指的是人类为追求审美价值而进行的创造性活动的成果（艺术的原始含义即使在西方也是指技巧）。

原本日本也没有我们今天所讲的生活、艺术，而是将两者一体化的日常生活，其思想有时用"感触（あはれ）""妙趣（おかし）""猖狂（ばさら）""幽玄""侘寂（わび）""衰颓（かぶき）""风流（粹）"和"排场（伊達）"等词语来表达（这些美的表现极其丰富）。

然而，习惯了现代教育和西方思维方式的现代人很难把握这种一体性。因此，本书试图追溯历史，说明与现代意义上的艺术与生活之间的关系，以及日本式审美生活的诞生。

已故山根有三先生（东京大学名誉教授）提出以茶道和插花为中心做通史性研究的构想。1981年，"日本生活文化史"作为"大学放送教育实验节目"之一，分15集播出。山根先生邀请我共同担任讲师。他主要负责插花部分，我负责茶道部分，已故工藤昌伸氏（花道家）也作为作者加入进来。于是，第一本教材《电视大学讲座：日本生活文化史》出版了。

后来，设立了放送大学，没多久，山根教授不再担任讲师，全部交给我了。于是，1985年出版了全面改写的教材《生活与艺术：日本生活文化史》。从那时起，我成为这门课唯一的讲师，在灵活利用山根先生的构想和书稿的同时，这门课程跳出插花和茶道的框架，增加了手工艺和建筑的内容。

令人意外的是，选修这门课程的学生很多，他们甚至还成立了"生活与艺术研究会"的社团，开始了读书会（至今已持续了20多年），我也一直在教授这门课程。第二期开始后，1990年再次出版了修订版教材。这时，考虑到可以从不同角度审视日本列岛，增加了冲绳、高山、伊豆等地区，海外的视点则吸收了爱德华·莫尔斯（Edward Morse）和布鲁诺·陶特（Bruno Taut）的看法。影像非常有趣，但不可否认的是，逐渐偏离了原先以茶和花为主线的生活文化史主题。

　　这次决定将此书纳入放送大学丛书，我又重新阅读了一遍，得出的结论是，与直接使用最后的修订版相比，不如再次回到原点重新整理。于是，在以 1985 年版为基础的同时，也整理加入了山根有三先生和工藤昌伸氏的观点（主要根据旧版的《日本生活文化史》）。因此，本书不同于过去三版的任何一本教材，而是想取其精华。

　　在编写初版教材时，没有考虑到影像，虽然有些难读，但是作为书籍很有体系。之后的改版因为以有影像资料为前提撰写，作为书籍，在阅读时多少有些唐突感。但是从连贯性上看，还是希望大家阅读修订版。本来应该将影像资料所表现的内容形成文字，全面改写，但这样又不符合本丛书的宗旨。

　　山根先生在第一次修订时，就同意以我个人独著的形式出版。工藤昌伸氏也同意在书中引用他的部分内容。在此，再次对他们的慨然应允表示最深切的感谢。没有他们的指导与协作，就不可能有本书。

　　我将本书的诞生历程作为前言。

　　最后，我要衷心感谢负责最初实验放送的朝日电视台的工作人员，放送大学的所有工作人员，以及以各种方式支持我们的各位。

平成 21 年（2009）1 月 3 日

熊仓功夫

第一章　日本人的生活与艺术

一、何谓"生活文化"

1."生活文化"一词的来源

本书旨在追溯日本人生活与艺术相互影响的历史，由此出发，思考日本文化的特质，同时尝试阐明日本人生活文化史的一个侧面。日本没有与西欧的艺术相对应的概念，最接近的概念是艺能，然而二者的范畴与意义十分不同。日本艺术有一个很大的特征，即切合生活。在服务于生活的过程中，日本艺术得到发展，换称"生活文化"也未尝不可。

首先，我们需要明确何为"生活文化"。

昭和（1926—1989）初期，生活文化一词才开始被普遍使用，因此历史并不久远。哲学家三木清（三木

清）[1] 在昭和十六年（1941 年 1 月）发表了《生活文化
与生活技术》一文，其在前言里说："最近，生活文化
作为一个新词开始出现……至今为止，一提到文化，
人们马上就联想到文学、艺术等，根本没有生活文化
的问题意识。"昭和十六年，日本处在战争时期，生活
也好，文化也罢，受到了来自各方面的强大压力。所
以，在那样的时代开始使用生活文化一词，真是耐人
寻味。

　　"文化生活"一词在被称为"文化主义时代"的大
正时代（1912—1926）就在使用了。只是大正时代流
行的"文化住宅""文化村"等概念所说的文化，像三
木清在前述文章中所指出的，"如同舶来品，意味着洋
式、洋味、最流行的东西""那时不仅对于日本的、传
统的美不屑一顾，即便对于西洋的美也并无本质、深刻
的认识"。为此，"在文化生活的名义下恰恰出现的是殖
民主义文化"。

1　三木清（1897—1945）：生于兵库，京都大学毕业，师事西田几多
郎、波多野精一。欧洲留学时师事马丁·海德格尔（Martin Heidegger，
1889—1976），接触了马克思主义。回国后任法政大学教授，站在人道
主义立场上研究著述，对于年轻一代产生了很大影响。1930 年因同情、
支援日本共产党而被捕，失去教职。1944 年再次被捕，1945 年死亡。
本书注释均为译者注。

　　其实，当时即使达不到三木清所说的这种程度，至少文化生活中的文化指的是少数优秀的艺术家所创作的"音乐、美术、文学"，而"把这些东西引入生活中来即为文化生活"的风潮极为强烈。

　　与此相对，大正民主主义在另一方面则是极为重视"民众"和"生活"的，出现了一批把目光朝向"地方"的思想家和实干家。在文化方面，"民众文化""传统文化""地方文化"成为重要话题，产生了折口信夫[1]、柳田国男[2]的"民俗学"，柳宗悦[3]的"民众的工艺"（民艺），涩泽敬三（渋沢敬三）[4]的"民具学"，出现了深深扎根于风土和民众文化的思想和观点。一言以蔽之，主张"文化"和"生活"本是一体，而且必须是一体。因此，针对自上而下的流行语"文化生活"，至迟

1　折口信夫（1887—1953）：日本文学、民俗学学者，诗人。生于大阪。国学院大学、庆应大学教授，从民俗学的角度研究日本文学、古典艺能。

2　柳田国男（1875—1962）：民俗学者。原姓松冈，世代为医，东京大学毕业后进入农商务省工作，被过继给柳田家。一直关心农民，关心基层社会，是日本民俗学的创始人。

3　柳宗悦（1889—1961）：生于东京，美术评论家、宗教哲学学者、民艺运动倡导者。

4　涩泽敬三（1896—1963）：生于东京，实业家，曾任日本银行总裁、大藏大臣。作为民俗学、生物学学者，主持常民文化研究所。所收藏的民具、乡土玩具等成为国立民族学博物馆的基础。

于大正末年或昭和初年，已有部分人意识到与生活相结合的自下而上的"生活文化"理念。但是在"生活文化"这一概念作为一个专用名词普及之前，大正民主主义却土崩瓦解了。

2. 生活文化的概念和意义

"生活文化"一词，出现在昭和十六年三木清发表论文的前后。彼时，现实的生活和文化正濒临危机，娱乐被视为"多余""奢侈"，文化仅局限在精神性的日本文化论被提及方面。三木清的论文《生活文化与生活技术》与时代风尚背道而驰，只停留在观念上也属无可奈何。不过，由此开始正面讨论"生活文化"诸方面的问题、"生活文化"应该具备的姿态、认识方法及其意义是值得肯定的。

战后十年的生活比战时更加贫困。之后，经过经济的高速成长，日本迎来了史无前例的富裕时代，半数以上的国民拥有中产意识。而随着生活科学的导入，以衣食住为中心的生活模式发生了巨大变化；伴随着媒体的发展和普及，文化也走向大众化。总而言之，方方面面都发生了巨大的变化。

近年来，"生活文化"再次得到重视。不过，其中也包含对传统生活文化被急速破坏的批判，人们经常不假思索地使用"生活文化"这一概念，甚至对该词究竟意味着什么也没有形成统一认识，因此有必要重新定义"生活文化"。

生活文化，是与生活相结合的文化。希望引起注意的是，生活文化并非简单的生活。从文化人类学的角度来看，"文化是通过后天学习而集体共有、世代传承的行为模式和世界观"。（T·H·斯图尔德《文化变迁理论》）文化就是生活，生活文化史历史地描述生活模式。就像生活与艺术的标题所表现的那样，诞生于生活之中的美丽而优异的东西是生活文化的产物。文化当中也有诸如科学技术、制度、人工制造的设备等支配自然、让人类易于操作的部分。但是，这里所说的文化是让人类与自然可以和谐共生的文化。具体地说就是生活中的信仰、礼仪、仪式、家务、交际、趣味、娱乐、艺能等的"形式与内容"，通过"型"与"心"展示出来。其产物是与生活紧密结合的住宅建筑、庭园和家具、日常生活用品、餐具、服饰等工艺品以及装饰品。它们无法进入纯粹的艺术殿堂，是服务于生活的美，是与生活用途相结合的艺术。

本书不可能面面俱到地论述生活文化的每个方面，因此打算以插花和茶道为主，兼论建筑与工艺，来考察生活中最绚丽的场景。比如迎宾宴会等场合的艺术鉴赏；文艺活动中的"艺能"，尤其是茶道这一室内艺能；在装饰方面将以插花为中心考察其历史发展。这些作为宴会场所的建筑、其中的器具及内容都是生活文化中最重要的成果。要想了解建筑和工艺是如何随着室内艺能的发展而日益成熟的，需要从一定的角度去审视其审美意识的推移。与前述绚丽的宴会等非日常活动相比，人类生活的大部分都是普通的日常活动。因此，我想从民众工艺的民艺中探讨日常生活所孕育的美。

二、艺术生活化、生活艺术化的传统

1. 王朝贵族与屏风画

自古以来，日本文化中与生活相切合的部分就特别发达，但是直到近年来都没有出现可以将之概括为"生活文化"的总体思想。尽管有孤立的住宅史、工艺史、风俗史、茶道史研究，但很少会从生活文化的视角考察。综合的生活文化史、以此为背景的日本生活文化特征论不得不作为未来的研究课题。在此，我想独辟蹊径，首先考察艺术的生活化（由上而下的生活文化）和生活的艺术化（由下而上的生活文化）的传统。

金碧障画《古梅》

通过《源氏物语绘卷》[1]可以看出，平安时代
（794—1192）的贵族居住在他们创建的寝殿式建筑（寝
殿造り）[2]的住宅（拥有庭园和前庭[3]［前栽］）里，室

1　《源氏物语绘卷》：12世纪时，宫廷绘师藤原隆能根据日本平安朝
中期著名女作家紫式部的长篇小说《源氏物语》创作的连环画作品。
每回选出1~3个精彩片段，每幅画前面书写有一段原文，共80~90幅
画。现仅存19幅，分别保存在日本东京五岛美术馆（4幅）和名古屋德
川美术馆（15幅）。

2　寝殿式建筑：中文寝殿的意义有三，帝王的寝宫、卧室；宗庙中收藏
祖先衣冠之殿堂；陵墓的正殿。日文的寝殿当由第一个意义延伸。平安
时代中期形成的贵族住宅形式，中央是被称为寝殿的主屋，其东、西线
上和北面建有对屋，用回廊连接。从东西两对屋向南延伸出回廊，中间
有中门，再往前到池塘建钓殿。屋顶为桧树皮叠加而成。室内铺木板，
部分放置榻榻米。寝殿前庭铺白砂，再往南是池塘，里面建有小岛。

3　前庭：寝殿式建筑的正殿或者其后客厅前种植了花草的庭园。

内区隔（建具）和分割房间的隔扇（襖障子）[1]、屏风、几帐[2]上绘有以日本的风景、风俗为主题的"大和绘"，棚架上一般摆放着带有美丽的描金画[3]的砚箱、书信箱（文箱）。平安贵族每天在这由美术品点缀的室内和歌唱答，创作、欣赏小说（物语）及连环画（物语绘），这种生活本身就有很高的艺术性。

在此，我想特别强调的是，平安前期室内屏风等和后期正式的仪式等场所里的绘画——"唐绘"的主题以他们憧憬和向往的中国风景、风俗为主，可以视为中国舶来品的仿制品。奈良及平安前期，日本绘画在全盘学习唐朝绘画的主题、技法、样式的基础上，逐渐将"唐绘"日本化，到了平安中后期（10—12世纪）形成了日本古典样式的"大和绘"。

在从唐绘向大和绘的发展过程中，装潢室内的隔扇、屏风等的绘画，即障屏画发挥了最主要的作用。到了平安中期，每天近距离观赏障屏画的贵族们希望其主题与其是遥远的中国风景、风俗，不如是更具亲切感的

1　隔扇：日式建筑中的隔扇，为木制骨架，两面贴纸或布。

2　几帐：宫殿建筑中用于室内分割的屏障家具之一。台上竖立两根柱子，固定一根横框，夏季挂纱（生绢织成），冬季挂锦（熟绢织成）等做成的帘子，高度4~5尺（约133~166厘米）。

3　描金画：日语"蒔绘"，日本独特的一种漆器工艺技法。漆器表面用漆画图案，贴上金银等金属粉。

金碧屏风

日本风景、风俗。在绘画表现上，贵族们更加追求满足
自身的生活情感和自然观。因此，不仅主题，连技法、
样式也日本化了，由此形成了大和绘。这种现象虽说仅
与少数的王朝贵族的生活、文化相关，却至关重要。

　　换句话说，这是日本对外来文化的接受。日本的
一海之邻是拥有强大文明的中国，对于中国文化，日本
有时是积极主动地吸收，有时则是迫不得已。但是，即
便是对外来文化的接受，日本也是依据本国独特的环境
将其改造后才确立下来。当时的艺术因为与生活环境密
切联系，不管是从中国传来的音乐，还是工艺美术，都

是通过生活化而确立下来。大和绘的诞生，就是艺术生活化的典型事例。

2. 武士阶层的客厅（座敷飾り）[1] 装饰

在镰仓（1192—1333）末期、南北朝（1336—1392）和室町（1392—1467）时代，作为室内装饰发展起来的障屏画也有着类似的发展过程。

众所周知，镰仓时代末，日本进口了大量以水墨画为主的宋元绘画，并受其影响，创造了崭新的"汉画"样式，这种绘画样式在室町时代达到鼎盛。有趣的是，14世纪的绘画长卷《法然上人绘传》[2] 中所描绘的障屏画也选用了新式的水墨本位的汉画。障屏画包括隔扇画（襖絵）、杉板门画（杉户绘）[3]、屏风画等绘画。障屏画中出现的画作被称为画中画。一开始，禅宗是进口宋元绘画的主体人群。但到14世纪，在除禅宗外的

---

1 客厅：日语座敷，铺着榻榻米的客厅，室町时代的日本根据中国建筑打造的崭新生活空间。

2 《法然上人绘传》：镰仓时代描绘法然和尚（1133—1212）一生的传记性绘画。法然是净土宗开山祖师，"专修念佛"，直接向武士、庶民甚至女子传播教义。九条兼实、后白河法皇等贵族也皈依其门下。后来受到旧佛教的迫害，被流放土佐（高知县），赦免返京以后死于大谷。

3 杉户绘：整张杉木做成的木门上的绘画。

屏风水墨画　长谷川等伯　《松林图》

其他宗派和武士阶层的宅邸里，"汉画"样式的障屏画也普及开来。当然，同一宅邸里也存在绘有以传统色彩为本位的大和绘障屏画。应该说，"大和绘"与"汉画"相互影响，而这些以宋元绘画为范本的汉画和障屏画，可以说是放大了的中国风格的山水花鸟画。

由于没有作品遗留下来，所以在这里，我们无法置评这些作品。但是可以说，在水墨一色的障子和屏风环绕的环境里生活，缓慢而深刻地影响到日本人的自然观和生活情感。如此持续了一个世纪之后，到了室町时代，汉画达到了鼎盛，水墨画的日本化也成为可能。于是，在桃山时代，和汉画融合的新样式——金碧障屏画兴盛起来。从平安时代开始，最迟到江户时代（1603—1868）初期，室内装饰用的障屏画都是日本世俗绘画

（佛教绘画以外）的主流。了解这一事实，对于研究艺术生活化和生活艺术化的生活文化史来说非常重要。

南北朝、室町时代的室内装饰，除了障屏画以外，以足利将军府为中心确立起来的"客厅装饰"也得到广泛普及、极具代表性。"客厅装饰"起源于"唐式装饰（唐様飾り）"，产生于镰仓末期以来对舶来的宋元绘画以及工艺品——唐物[1]进行鉴赏时的审美观念。自古以来，珍视舶来的文化与文物是日本的民族性格。最初，这一鉴赏行为可以视为暴发户的趣味，将军及其部下的武士们并不重视绘画的品质如何，而是更加注重数量的竞争，因此他们的室内装饰繁芜杂乱。由于寝殿内部没有相应的装饰场所，将军府逐渐打造出带有台板（押板，壁龛的前身）[2]、错落橱架（違棚）[3]、窗前文案（付書院）[4]等设施，而这些都是后来的书院式建筑（書院造り）所拥有的元素，它们是在生活空间里建造出的拥有美术及工艺鉴赏功能的又一空

---

1 唐物：从中国流传到日本的物品。这里特指工艺美术品。

2 台板：中世的客厅装饰中，在墙壁下设置一块深度有限的厚板，由矮桌演变而来，也有人译成"固定几案"。

3 错落橱架：两块木板以左右不同高度设置的棚架。形似中国的多宝架，但形式更简练，一般建在壁龛、书院的旁边。

4 窗前文案：壁龛侧面突出去的棚架做文案使用，下面是橱柜，前面竖着明亮的障子。

间，方式极为巧妙。

也就是说，以足利义满（足利義満）[1]为首的将军府拥有大量优质的唐物，侍奉将军的同朋众（同朋衆）[2]把宋元绘画、工艺品加以调配，适当地摆放在各个房间的台板、错落橱架、窗前文案上，发明了优雅的"客厅装饰"方法。

后来，这种客厅装饰方式与书院建筑一起普及到了无力购置唐物的阶层。紧接着，唐物的仿制品、汉画挂轴的代用品等简单装饰增加，便产生了以和物取代唐物的审美意识和装饰方法。理解这一点对于文化的创造来说至关重要——包括美术与工艺在内的文化的生活化由此变为可能。就这样，室町时代的客厅装饰随着时代和阶层的变迁而变化，流传至今。

1　足利义满（1358—1408）：室町幕府第 3 代将军，完成了南北朝的统一，向明代纳贡称臣，开始了中日政府之间的勘合贸易，达到室町幕府的鼎盛期。以保护能乐、建造金阁寺等体现出来的时代文化被称为北山文化。

2　同朋众：室町、江户时代作为将军、大名的近侍负责杂务、各种艺能的、具有僧侣色彩的群体。室町时代一般号称阿弥，多精于某种艺道。

三、茶道与花道

1. 日本独特的艺能

日本艺术，尤其是室内装饰的发展，与在室内举行的艺能活动有着密切的关系。在此，先简单地介绍一下"艺能"。艺能，是日本人脱离于日常世界的一种游戏。观众与演员在同一时间和空间里，体验戏剧般美妙感受的文化。

艺能的形成有四个要素。第一，引导人们进入非日常世界的变身术，即"化妆"。第二，变身后获得全新人格的"举止动作"。第三，满足前者需要的器具和舞台"设施"。第四，作为统合以上要素的审美意识和思想的"感悟"。现实生活中既有具备以上四个要素的艺能，也存在只有第一或第二要素、还没有充分发展的艺能。

拿茶道来一一举例。第一，茶人身着"十德"[1]这种独特的和服，使用只有在茶道里才会用到的器具为自己"化妆"。茶人一定携带的扇子也是广义的妆饰之

---

1 十德：室町时代下级武士的服装，转用僧侣的直缀，上衣与下裙直接连在一起的简便的服装。到了江户时代，成为儒者、医生、画师等的礼服。

茶室

茶席

一。第二，进入茶室，人们遵从点茶程式（点前、手前）和礼法。在此产生茶道艺能的"举止"范式。第三，产生了茶道的舞台——茶室，发展出了称为"露地"的茶室庭院。这相当于舞台"设施"。而最终统合这些要素的思想是"侘"[1]。如果与戏剧相比的话，

---

1 侘：日本的一种审美意识。在贫困与孤独中，满足于心的充实。在闲寂中自然而然地感受到深刻而丰富的美。在美学领域可以区分为狭义的"美的特征"和广义的"理想概念"，一般说来以忧郁、朴素、静寂为基础。

茶道中的"化妆"就相当于戏剧中的"服饰、化妆、小道具[1]"，茶道中的"举止"相当于戏剧中的"演技"，茶道中的"设施"相当于戏剧中的"舞台、大道具"[2]。第四，"感悟"是完成表演的"思想、审美意识"。

另外，艺能的特质可以说是在"看与被看"这一关系上形成的。有了演员和观众，戏剧也就形成了。在生活文化里，比较接近艺能的插花也曾经供人们观看插花过程。

然而艺能也有各种各样的类型，可以分为四类：一是舞台艺能，二是民俗艺能，三是巷间艺能，四是室内艺能。对于前三者不从生活艺术的角度深入探讨，而第四种室内艺能可以说是日本人衔接生活与艺术的重要接点，其中茶道与花道最具代表性。

2. 茶道流程

我们来看看茶道中实际举行的茶会如何使用各种

1　小道具：舞台、电影等使用的零碎道具。室内装饰品、上场人物携带的物品、餐具等，一般舞台人物触摸的东西。相对于大道具而言。

2　大道具：舞台设施中的建筑、背景、树木、岩石等出场人物无法置于手上的道具。相对于小道具而言。

道具、怎样款待客人。在招待客人的宴会中，茶会是最为考究的形式之一。接下来，先来具体介绍有"标准茶会"之称的正午茶事——正午十二时左右，客人来到庭院内的小憩亭，坐在长凳[1]上等待主人出迎。庭院被称为茶庭（露地）[2]，山野景色。客人穿过茶庭，在涤尘池（手水）[3]荡涤身心，获得超凡脱俗的心境。随后从膝行口（躏口）[4]进入茶室。膝行口是世俗世界与神圣茶室的分界线。

茶会分为前后两部分，前半部分称为初座，主要是观看主人的炭火程式（炭手前）[5]，食用被称为怀石的茶道饮食。壁龛（床の间）里张挂画轴。怀石之后品尝点心（菓子）[6]，而后暂且退席，这称为中立。

客人回到茶庭内的小憩亭，等待主人再次迎唤。

---

1 小憩亭长凳：设于茶庭内的等候、调整处。

2 茶庭：附属于茶室的庭院，配有小憩亭、石灯笼、飞石（庭院小径上铺放的平石块，供行走时踩踏）、涤尘池（蹲踞，蹲坐高度的洗手水钵）等。从待客处到中门是外茶庭，越过中门到茶室之间是内茶庭。

3 涤尘池：神社、寺院参拜前洗手的地方，旨在涤清身心。茶道亦然。

4 膝行口，草庵茶室中客人出入的小门。一般高2尺2寸（约66厘米）、宽2尺1寸（约63厘米）。

5 炭火程式：风炉（或地炉）的生火程式。

6 点心：这里的点心其实是指鲜点心（生菓子），以豆沙馅为主的日本点心，分糯米点心（饼菓子）、蒸点心（蒸し菓子）、面粉点心（馒头）和羊羹等种类，以水分高，无法长时间保鲜为特征。相反就是干点心（干菓子）。

而再次进入茶室时，壁龛里装饰物已经换成茶花。用花道的概念来讲，这种插花形式属于"抛入花"[1]。茶道使用的插花种类，称为茶花。在茶道中，插花也是不可或缺的要素。这时，室内的氛围已经焕然一新、进入点茶程式，搅拌浓茶[2]，客人逐一传饮。再饮薄茶[3]之后是结束前的相互寒暄，客人踏上归途。按要求，整个过程不得超过 4 小时（参见下页表 1）。

下面，我想通过茶道来考察将生活艺术化的日本文化的特质，以及把艺术用于生活所产生的日本艺术的特质。

表 1　茶会的构成表（根据流派，略有所不同）

入席	初座	中立	后座
○客人进入待客处（寄付き），等待全体客人到齐。 ○出小憩亭，等待主人迎唤。 ○接受主人迎接，洗手后，进入茶室。	○客人进入茶室，拜观壁龛等。 ○主人进入炭火程式。 ○客人拜观炭火程式与香盒。 ○上怀石料理，接受酒饭接待。 ○怀石结束后，上点心。 ○客人用完点心，退出茶室。	○客人到小憩亭休息。 ○主人改换壁龛装饰。	○客人再次进入茶室。 ○主人拿出茶具，进入浓茶程式。 ○客人传饮浓茶。 ○主人上干点心（干菓子），点薄茶。 ○客人饮薄茶，退出茶室。 ○主人在膝行口，行礼送客。

1　抛入花：保持自然风姿格的插花方法。开始于室町时代末期。

2　浓茶：用古树新芽制作的抹茶，色彩、风味都比薄茶浓厚。用一个碗准备几人份的茶，然后传饮。浓度很高，呈糊状。

3　薄茶：茶叶以普通茶树为原材料，约 2g 抹茶粉加 60ml 开水点服。

第二章　茶文化的形成

一、茶的起源

1. 茶的原产地

茶的起源一直是个谜。近年来，育种学家证实了茶种的一元论，即印度阿萨姆大叶种与中国的小叶种为同一起源。据 1980 年代在中国云南省开展的多次调查结果显示，茶的起源地大致为从中国西南部到泰国北部，延及印度阿萨姆地区，即所谓的照叶树林地带中的东亚半月弧地域。恐怕早在有历史记录之前，这一带的人们就已开始利用茶了。

人类最初使用茶的方式，是大口吃还是仅仅咀嚼，或者是将茶在火上炙烤后再投入沸水中煮饮，当然不得而知。不仅是茶，食用柔软嫩叶的习俗在东亚半月弧地域保留至今，所以茶在被加工饮用之前，人们很可能也食用茶叶以补充营养吧。这恐怕是山区少数民族的习惯。

当茶出现在平原地区人口稠密的都市时，茶的加工技术也得以发展，茶变得可以搬运和保存了。历史上关于茶的最早记载是在神爵三年（公元前 59 年）的游戏文《僮约》中。这是一篇与奴仆签订的契约书，其中有一句"武都买茶"。因为当时还没有"茶"这个字，所以使用了"荼"字。荼在之后辞书里的解释是蔬菜的"苦菜"，而从作者王褒所居住的资中（四川省内江市资中县）到武都（当为武阳，今四川省眉山市彭山区）的距离考虑，这并不是通常意义上买菜的距离。因此尽管这里用的是荼字，但意义只能是茶，这点已成定论。从茶在中国被汉民族饮用到今天，大约已有两千余年的历史。

《僮约》作于现在的四川省，四川至今还保留着使用古老技术加工而成的团茶，叫作边茶。与茶的起源地云南一样，四川是茶的重要产区，饮茶习俗经由长江传播到了中国江南地区。

2. 文化之茶

从公元 4—5 世纪开始，茶在中国南方迅速普及。8 世纪后期，文人陆羽所著的《茶经》出现，标志着茶从单纯的营养补给饮料，发展成为蕴含着精神性养分的文化。《茶经》开篇有这样的记载：

> 茶者，南方之嘉木也。一尺、二尺乃至数十
> 尺。其巴山峡川有两人合抱者，伐而掇之。

高达数十尺、二人合抱的茶树，一直被认为是一种夸张的修辞。但是根据最近的报告，确实存在超过15米高的大茶树。对于生长在泰国北部和中国云南省的那些大茶树，人们要爬上去采摘茶叶。由此看来，《茶经》没有夸大其词。

有唐代茶百科全书之称的《茶经》，内容从茶树的说明开始，涉及茶叶的制法、煮法及产地等，由十章构成。这是研究当时茶的唯一史料，其中茶的制作方式如下：

《茶经》时代的茶被称为团茶。那么团茶是怎样制作的呢？首先蒸采摘的茶叶，然后在石臼里捣碎，装入模具，固定成形后再用火焙干，最后串起来贮藏。再看看现在的团茶，有团状、扁平如饼状、四方如砖状，还有层层固定成型相连接、长约2米、直径30厘米的柱状，总之各式各样。但是《茶经》时代的团茶并没有这么大，直径只有3—5厘米。

那么，如何饮用团茶呢？先把团茶在火上细心烤炙，冷却干燥后用药碾子碾成粉末。接着烧开水，待水沸腾以后放入粉末，并充分搅拌。最后盛入碗中饮用。与现在的茶相比，无论是制法还是饮法都完全不同。然

中国云南的古茶树，据传树龄超过 3000 年

而，先蒸茶叶、再将茶叶研成粉末饮用这两点在中国早已失传，却在日本得以保留。日本绿茶的特点就是蒸青技法，现在中国的绿茶几乎都是使用炒青。如果说茶道是从抹茶发展而来的话，那么可以说，古老的中国文化保留在了日本的生活中。

唐代以后，茶在中国普及开来，到了宋代，被称为茶法的茶税制度成为国家财政的重要支柱。当时的团茶更加精致，出现了龙凤团，在团茶表面印有龙或凤凰的图案，迎来了茶文化的发展高潮。

日本僧人荣西（栄西）访问中国时，正值中国茶文化的鼎盛期。

二、带回日本

1. 从中央到周边

文化就像水从高处流向低处，总是从中央向周边辐射。文化越强大，感染力度越强。在中国唐朝时期，文化以前所未有的高度和强大的感染力影响着周边区域，日本派出遣唐使积极学习中国的制度和文化。作为唐文化之一的茶文化与其他文化一样为周边区域所接受。在《茶经》成书的 8 世纪，茶也出现在了朝鲜文献中，而日本在比朝鲜稍晚的弘仁六年（815），文献中也出现了有关茶的记载。

《日本后记》弘仁六年四月二十二日说：嵯峨天皇[1] 巡幸至近江国唐崎[2]，大僧都永忠（永忠）[3] 亲自煮茶，献于天皇。这是日本正史里最早的关于茶的记载。僧人永忠有着旅居长安三十年的阅历，熟知唐代茶文

1　嵯峨天皇（786—842）：第 52 代天皇，809—823 年在位，其时政治稳定和宫廷文化繁荣。憧憬中国文化，推行中国式生活方式，饮茶习俗在当时的上层社会蔚为风尚，在茶文化史上被称为"弘仁茶风"。

2　近江国唐崎：位于滋贺县大津市西北的琵琶湖岸的地名，有唐崎神社，是近江八景之一。

3　永忠（743—816）：775 年，永忠搭乘第十五次遣唐使船到中国，进入长安西明寺学习，805 年回国。

化，很有可能在回国时将茶作为特产带回日本。从"嵯峨"这一谥号（唐代都城长安郊外有嵯峨山）也可以看出嵯峨天皇是一位强烈憧憬中国的天皇。嵯峨天皇受到中国式的款待非常高兴，对于永忠的献茶很感动，之后命令在京城附近地区种植茶树。

但是，从奈良时代到平安初期兴盛的茶，随着中国文化的衰退、和风文化的兴隆而逐渐被人们遗忘，只零星留存于少数寺院和宫廷礼仪中。

2. 宋代的茶

唐朝灭亡后，中国又诞生了强大的宋文化。就像上面所说的那样，宋代生产了中国茶史上最优秀的茶，并形成了光辉灿烂的宋代茶文化。与唐文化一样，宋文化也对周边地区产生了深远影响。

12世纪，僧人荣西[1]再次将中国的饮茶文化带回日本，访问朝鲜半岛的宋朝使节也写了一本记录其见闻的

1　荣西（1141—1215）：日本临济宗的开山祖。14岁在日本天台宗总本山的延历寺剃发受戒，1168年首次赴宋，1187年，47岁的荣西再次入宋，去天台山万年寺随虚庵怀敞参禅，于1191年回国。1195年，在博多创建圣福寺，为日本最初的禅宗道场。据说，1207年，登栂尾高山寺，向弟子明惠推荐吃茶，赠茶树种子。1211年，荣西撰写了《吃茶养生记》。1214年，重修《吃茶养生记》，并献给将军源实朝。

嵯峨天皇

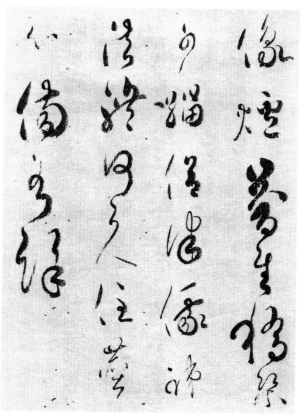

嵯峨天皇书法

《高丽图经》[1]。《高丽图经》中说道，高丽宫廷为迎接宋使，专门举行了茶礼，饮茶器具及点茶仪式、饮用方法已经定型。但是高丽茶味道太苦、难以下咽，中国团茶因此深受高丽人喜爱。在接受宋文化的大背景下，饮茶在高丽文化占有重要地位。日本也一样，除了荣西个人的功劳之外，如果考察全社会对宋文化的憧憬和引进状况就会发现，12世纪前后茶文化再次传入日本是历史必然。

荣西

---

1 《宣和奉使高丽图经》：宋徐兢（1091—1153）撰。1123年出使高丽，回国后将他的所见所闻记录下来。《宣和奉使高丽图经》卷三十二《器皿三》记载：茶俎：土产茶味苦涩，不可入口，惟贵中国腊茶并龙凤赐团。自锡赉之外，商贾亦通贩，故迩来颇喜饮茶。益治茶具，金花乌盏、翡色小瓯、银炉汤鼎，皆窃效中国制度。凡宴则烹于廷中，覆以银荷，徐步而进。候赞者云"茶遍"乃得饮，未尝不饮冷茶矣。馆中以红俎布列茶具于其中，而以红纱巾幕之。日尝三供茶，而继之以汤。丽人谓汤为药，每见使人饮尽必喜，或不能尽，以为慢已，必快快而去，故常勉强为之啜也。

荣西带回日本的，是茶种，还是茶树？是在第一次访宋（日本仁安三年[1168 年]）时带回来的，还是在第二次访宋（日本文治三年、1187 年）时带回来的，这些都不得而知。最近，学界认为荣西带回的既不是茶种也不是茶树，因为他所作《吃茶养生记》根本没有提及此事。他写道，日本自古以来就有茶树，然而人们却不知茶的利用方法。因此，他从宋朝带回来的是制茶技术和饮茶方法等信息。

3.《吃茶养生记》

在日本再次兴起的饮茶文化，不仅作为中国风俗而流行，还伴随着禅宗的寺院生活。茶文化深深扎根于日本，荣西所著《吃茶养生记》发挥了很大的作用。《吃茶养生记》的观点是：茶不是嗜好型饮料，而是一种药品，是令人长生不老的妙药。茶被赋予的"妙药"特性，是它进入武士社会的重要原因。下面，我从《吃茶养生记》中摘抄三则有特色的内容：

① 茶也，末代养生之仙药，人伦延龄之妙术也。山谷生之，其地神灵也；人伦采之，其人长命也。天竺、唐土同贵重之，我朝日本昔嗜爱之。从昔以来，自国他国俱尚之，今更可捐乎？

况末世养生之良药也，不可不斟酌矣。

　　② 见宋朝焙茶样，朝采，即蒸、即焙之。懈倦怠慢之者，不可为事也。焙棚敷纸，纸不焦许诱火入。工夫而焙之，不缓不急，终夜不眠。夜内焙上，盛好瓶，以竹叶坚闭，则经年岁而不损矣。

　　③ 白汤（只沸水云也）极热点服之。钱大匙二三匙，多少随意。但汤少好，其又随意，以殊以浓为美。食饭饮酒之次，必吃茶消食。

将军源实朝（源实朝）[1]大醉第二日头痛难耐，荣西献茶为其解酒。茶作为仙药，发挥的奇特效果给将军留下了强烈的印象。通过《吃茶养生记》中的记载，茶作为仙药的地位被强化了。同时，也可以看出，当时茶的制法与饮用方法，与今日的抹茶非常相似。

4. 从寺院到平民

荣西之后，饮茶在镰仓时代迅速得到普及。在日

1　源实朝（1192—1219）：镰仓幕府第 3 代将军，12 岁就任，实权掌握在母亲北条政子手上。死于第 2 代将军、兄长源赖家之子源公晓的政变，事后源公晓兄弟也都被处死，源氏血脉断绝。幕府政权由北条氏实际操纵。

本人非常熟悉的故事集《沙石集》里，有这样一个故事：

> 有一个牛倌偶然窥见僧侣饮茶，便问那僧人："那是什么药，能给我一点吗？""好的，好的。"僧人介绍说："这药叫茶，有三大优点。一是荡昏睡，二是助消化，三是止性欲。"牛倌听了此话，大惊失色："晚上酣睡是多么惬意的事情，无法入睡的话我可受不了；吃的东西本来就只有那么一点，再帮助消化就更容易饿了；无性能力的话会被妻子嫌弃的。这样的药我可不敢要。"说着便仓皇而逃。

《沙石集》在镰仓时代后期成书。作者"无住"与荣西有过交往。在这本书里，作者很认真地概括了茶的功效，却产生了意料之外的影响，正好证明了至镰仓后期，茶从寺院开始向一般平民普及。在此之前，茶以禅宗为中心，只限于在寺院里饮用，而且作为一种礼仪被呈献出来。西大寺的睿尊[1]路过东海道时，在各处

1　睿尊（1201—1290）：镰仓中期日本真言律宗中兴之祖。以西大寺为据点传教布道，曾为龟山上皇等 66 000 余人授戒，救济贫民，禁止杀生，祈愿神风阻止元兵。

实施储茶[1]，与其说是施茶，倒不如说是睿尊为了保持自身体力、补给营养的举措。无论怎么说，在那时，饮茶是少数人的活动。而在《沙石集》中，对茶颇感兴趣的牛倌是平民代表。在这个故事里，牛倌虽没有成为茶的嗜好者，但是至少暗示，饮茶已从僧侣向一般平民普及。

茶的真正大众化，不是作为药而是以一种嗜好品出现，是在镰仓幕府灭亡后的南北朝战乱时期。对此之后再详述。

5. 四头茶礼

禅院中的饮茶之风在形式上日渐成熟，特别是在禅院用斋仪式中确立了茶礼。现在，京都建仁寺在每年的四月二十日即荣西诞辰之日，都会举行四头茶礼，我们可以从中一览当时的风情。

四头茶礼的程序和现在的日本茶道完全不同，与

1　储茶：储在日语里是赚、利润的意思，在这里可以延伸为款待，用茶款待就是储茶，于是至今为止都把储茶理解为施茶。睿尊在去镰仓的路上，向大众施茶布道，但是石田雅彦在《〈关东往还记〉中的"储茶"研究》中指出，储茶需要 20~90 分钟，不可能是施茶，而是在相应的地方为高龄的睿尊准备的茶食。

第三章提到的《吃茶往来》中所说的形式却极为相似。下面先介绍一下记载四头茶礼具体内容的京都相国寺的记录。

斋饭完毕，撤下食案，紧接着端上盛放着茶点的食盒（缘高折敷）[1]。

食盒：配膳僧（手长、配膳）把食盒放在平板上，交给勤杂僧（给仕）。勤杂僧须用右手握着平板右沿，左手掌托在平板底中央位置。从主客开始，保持站立姿势上身略微前倾，让客人取食盒。返回时，右手握着平板的右沿，左手在平板的中央，拇指在外侧、四指在内侧握住，右高左低，也就是斜持平板。每二人进出。

天目：接着在圆形托盘（曲盆、圆盆）上摆放好配有碗托的天目茶碗，碗内盛有薄茶粉，茶碗的数量与客人的数量相同。配膳僧在稍低于眼睛的高度把托盘交给勤杂僧。从上宾开始，勤杂僧每二人依次为客人端来茶碗，返回时手持托盘保持底部朝上。

净瓶：配膳僧将净瓶递给勤杂僧。勤杂僧左手持净瓶，右手将茶筅竖插在净瓶的瓶口处，一起入场。勤

1　食盒：木质方盒，切去四角为基本型。一般五个一组，在茶道中是主果子器。与中国食盒形制基本一样。

杂僧行至主客前上前一步。客人左手持着上面放了天目茶碗的天目台边沿，保证茶碗不晃动。勤杂僧往碗里注入适量开水。为了使水不外溅，这时的姿势是左手持净瓶，右手横握茶筅，轻托瓶嘴倒水。然后握着净瓶，稍微揭起右手袈裟的袖子，右手用茶筅在客人手持的茶碗里点茶。结束后，再给下一位客人点茶，最后返回。

从四头茶礼可以清楚地看到，茶礼作为禅院食礼的一部分已经形成。特别需要注意的是，就像禅院用完斋饭后的茶礼那样，日本人在饭后也有饮茶的生活习惯。这或许就是从禅宗食礼演变而来的"饭后茶"吧。

第三章 南北朝时期的审美意识

一、茶集（寄合）与狷狂（婆娑罗）

1.肆意狼藉的世界

建武二年（1335）八月，在京都街道二条河原张贴的一篇讽刺性匿名文章中，有下面一段话：

原本是京都、镰仓二地无规可循的混乱连歌会，现在到处举行这种歌会、连歌会，大家都自以为是，说起话来肆无忌惮。这是分不清世家大族与暴发户的肆意狼藉的世界。都说斗犬与田乐[1]是镰仓幕府灭亡的原因，可是现在这里的田乐却

1　田乐：最初产生于农耕艺能，平安时代变成娱乐的艺能。种田时祭祀田神的歌舞是原型，从镰仓到室町时代流行起来，出现了专业的田乐法师。

更加流行。此外的十种茶、十炷香等的聚会，在镰仓以镰仓式的无聊而形成，京都也是有过之而无不及。（《建武年间记》[1]）

连歌，在平安和镰仓时期是贵族的娱乐方式，到了南北朝时期则在京都、镰仓两地的民众中广为流行。起初，连歌是一种大家聚集在一起，竞相快乐创作的娱乐活动，有其独特的方式和规则。然而，南北朝时期流行的却是无论谁都可以充当裁判，完全无视规则的"肆意狼藉的世界"。茶与十炷香的聚会也与之相近。也许正因为民众喜欢聚集在一起娱乐，他们才喜欢上了连歌会、茶、十炷香。无拘无束成长起来的民众的力量，也在这"肆意狼藉的世界"中充分显现了出来。不久，民众的力量促成了庶民连歌的产生，同时也对茶、花、香的艺能化发挥了巨大作用。

在当时，新兴的足利政权几乎同时（1336）颁布

1　《建武年间记》：虽然作者、成书年代不详，但是关于建武新政的政治、社会状况的可靠史料集。镰仓幕府灭亡后，1333 年（南朝元宏三年、北朝正庆二年）六月，后醍醐天皇重新即位，次年改元建武（1334—1338），设置中央最高机关记录所、杂诉决断所，重整天皇亲政的政治机构，史称"建武新政"。

了《建武式目》[1]。其中第二条写道，"或号茶集，或称连歌会，及莫大赌，其费难胜计者乎"，禁止伴有赌博的茶集（茶会）与连歌会。虽然有人认为这是因为幕府惧怕民众聚集、团结而颁布的，但这种禁令并没有消灭奢侈的茶集与连歌会。

2. 猖狂大名佐佐木道誉（佐々木道誉）

《建武式目》第一条中，明文规定"可行俭约"：

> 近日，有喜欢号称猖狂，专好僭越（超越身份，奢侈无度）。绫罗、锦绣、绸缎（均为高级纺织品）、银剑、时尚服饰，无不令人瞠目，颇为疯狂……尤可严制乎。

这里为"猖狂"列举了超越身份的奢侈行为。比如，专门使用从中国进口的华丽高级纺织品制作的服装。但这背后也影射了彼时日本喜爱华美、珍奇、豪奢的时代风尚。在以南北朝时期的战乱为背景创作的战争

1　《建武式目》：建武三年（1336）十一月七日公布的室町幕府施政方针。以足利尊氏（1305—1358，室町幕府第一代将军）咨询，法学者是圆、真惠兄弟等回答的文本形式，由两项 17 条组成。

小说《太平记》[1]中，有所谓"尽人皆知的狷狂"的说法。而"狷狂"的代表人物，就是佐佐木道誉（1296—1373）。

道誉是近江源氏的正统，出身于历代担任守护近江的名门佐佐木氏，同时又是一位极具传奇色彩的人物。他不仅在乱世中巧妙地生存下来，还兼为五国守护，是实力雄厚的武将、幕府核心人物。同时，道誉也是文化人，《新续古今和歌集》《菟玖波集》（连歌集）中收录了大量他创作的和歌。道誉的"狷狂"是其他人不可同日而语的，他在当时流行的茶集中也一样，会在豪华的酒宴之后，压上庞大的赌注斗茶：

> 在京都，以佐佐木佐渡判官入道道誉为首，集结在京大名举行茶会。连日茶会，不胜辉煌，彻夜狂欢。茶会上，集异国本朝之宝，百座妆饰。出席者的椅子上铺着豹皮、虎皮，随意剪裁的舶来品之绸缎、金襕，排列于四主头之座席。（《太平记》）

花、香也一样。贞治五年（1366）三月，在大原

---

1 《太平记》：40 卷，传小岛法师作，成书于应安年间（1368—1375），用优美的汉和混合文体描述了从镰仓末期到南北朝中期约 50 年的战乱。

野[1]樱花下的游乐中：

> 一步三叹遥跻，本堂庭有十围之花木四本，此下铸悬一丈余黄铜石花瓶，作成一双花，其交并两围之香炉两机一度炷上一斤名香，香风散四方，人皆如在浮香世界中。（《太平记》）

为了将庭院中硕大的花木当作"瓶中插花"来鉴赏，道誉特地在花木周围让人用黄铜制作了两个三米有余的大花瓶，一次就点燃一斤名香，真可谓异想天开。当时名香也是异常珍贵，炷香时只点燃发丝般数量的香药是常识。而道誉一次点燃一斤（大约750克）这么庞大的数量，令人目瞪口呆。不仅如此，他还在赏花的同时，举行了斗茶会：

> 其阴引幔双立曲录，调百味珍膳，饮百服本非，悬物如山积上。

这位"狷狂"大名的赏花会和斗茶会与刚才提到的民众的连歌会和茶集相比，更能体现出"肆意狼藉的

1　大原野：位于今京都市西京区。

世界"这一共同特点。对抗贵族传统的权威、秩序和审美意识的"肆意狼藉"就体现在时代转换期的南北朝的以下克上方面。

但是,另一方面,道誉还留下"道誉今度之举止,无人不感其风情至深"(《太平记》)的逸闻。那是在康安元年(1361)十二月,由于一时战败,都城沦陷,他认为"我的宅院要换主人了",于是"六间的会所里,都要铺设大花纹榻榻米,至本尊、肋绘[1]、花瓶、香炉、罐子、盆,一样不少皆布置好"。其余房间里准备丰盛的美酒、食物,留下话说"无论谁来此宅院,都敬你一杯"。装饰会所(接待客人的场所)的本尊、肋绘、花瓶、香炉等,当然都是从中国进口的贵重的唐物。

二、唐物趣味与唐式装饰

1. 佛日庵公物目录

这里所说的"唐物"是指镰仓末期以来,以禅宗寺院为中心,从中国大量进口的宋元时期的绘画、书

1　本尊、肋绘:三幅画轴为一组,中间为本尊,两侧为肋绘。

金毛阁山门供养之偈

法及工艺品。贞治二年（1363）跋文的《佛日庵公物目录》是记录圆觉寺佛日庵曾经拥有的日常用具的目录，其中除了禅宗祖师的书法十多幅、顶相（肖像画）三十九幅以外，还记录了花鸟、人物、山水的绘画数十幅，以及花瓶、香炉、茶器等大量唐物。佛日庵是供养北条时宗[1]的圆觉寺的塔头，虽然不能说其他禅寺也像佛日庵那样拥有众多唐物，但是唐物作为舶来的新文化的确备受推崇。唐物趣味不久便在其他各宗寺院以及以足利将军为首的诸大名中普及开来。随后，使用唐物装饰房间、举行宴会的"唐式装饰"流行起来。

1　北条时宗（1251—1284）：日本镰仓时代中期武将，镰仓幕府第八代执权。出生于世袭镰仓幕府执权一职的北条氏嫡系得宗家，积极抵抗蒙古国的两次入侵，史称"文永之役"（1274）、"弘安之役"（1281）。

2.《吃茶往来》

被推定为室町时代初期写成的《吃茶往来》详细记述了这种"唐式装饰"（唐物庄严）以及在这里举行的茶会的情形。

据其记载，在铺满白沙的庭院内有一座新奇的建筑，其可以眺望四面八方的二层小楼为"吃茶亭"。在这里，左侧以张思恭所绘彩色释迦说法图为本尊，两边的胁绘为普贤、文殊，组成三幅对[1]，右侧以牧溪所画墨绘观音图为本尊，胁绘为寒山拾得图。桌子上铺着金襕，放着胡铜花瓶。矮桌上铺着锦绣，放着黄铜的香匙、火箸。瓶内花绚丽开放，炉中焚香味四溢。为来宾准备的胡床上铺着豹皮，主人的竹椅面对玉砂。各处的拉门和隔扇前面都装饰着大量竹林七贤图等人物画，龙虎图、芦雁图等花鸟画，全是来自中国的绘画。除此之外还排列着堆朱的香盒、茶罐，茶罐里装有栂尾[2]、高雄[3]所产名茶。西厢的前面设有一对装饰架，上面堆放着各种珍奇的点心。北壁旁边立着一对屏风，准备了各

1　三幅对：由三幅书画组成的一组挂轴。

2　栂尾：位于日本京都市西北部的右京区清泷川上游。槙尾、栂尾、高尾合称"三尾"。有明惠上人再兴的高山寺。

3　高雄：又作"高尾"，位于京都市右京区梅田地区。

中国宋代画家牧溪《六柿图》

中国宋代画家牧溪《莲燕图》　　中国宋代画家牧溪《芦雁图》

种赌注。茶釜里烧着开水，周围摆放着各种饮料。

文中详细描述了作为接待空间的会所及其唐式装饰，从被日本人尊崇为中国画最高峰的、以牧溪为首的宋元绘画，到胡铜、堆朱等工艺品，堆满整个房间，令人目不暇接。另外，茶席中使用的坐具都是中国样式的椅子，更值得注意的是当时的点茶法与四头茶礼相同。

三、北山文化

世阿弥与金阁

到了 14 世纪末，"猖狂"之风逐渐淡去，文化也由新旧交替时的奇风异俗的狂乱，精练为将王朝贵族文化的平和与前代以来流行的唐物装饰互相调和的新文化，人们把这种 14 世纪末—15 世纪初形成的文化称为"北山文化"。

北山文化之称来自足利义满（足利義満）在京都北山山麓、曾经的西园寺家的别墅处修建殿宇，其中心建筑金阁寺成为这个时代文化的象征。那么，北山文化的特质是什么呢？接下来就以"猿乐能[1]"为例展

1　猿乐能：进入室町时代，观阿弥、世阿弥父子在将军的关注下，把猿乐作为能发展起来。

能乡白山神社

足利义满

开考察。

　　作为侍奉大和（今奈良）神社寺院的艺能集团，大和猿乐[1]培养出观阿弥（観阿弥）[2]和世阿弥（世阿弥）[3]父子，二人的出现也将猿乐能一举推向成功。根据史料记载和现在地方所保留的古艺能可以大致看出观阿弥、世阿弥之前的延年风流或田乐等艺能之概貌。延年风流是指在寺院法会结束后，作为余兴上演的各式各样的艺能，包括：轻松谈笑、谐音梗的技艺、乡土色彩浓郁的歌舞音曲、猿乐、白拍子、儿童技艺等贵族艺能与庶民艺能，等等。毛越寺[4]的延年艺能还保留着猿乐能的古风。虽然不能说猿乐能是从延年风流中产生的，但是镰仓时代盛行的延年风流是猿乐能可以集大成的一个重要因素。在猿乐能出现之前，还有一种古艺能叫黑川能：在神灵的驱使下，少年做着朴素的脚踏大地的动

1　大和猿乐：中世以大和国为中心，供奉春日神社的祭祀的猿乐的总称，也是近世猿乐的主流。平安时代的艺能之一，滑稽的模仿和语言技巧。由中国的散乐发展而来。

2　观阿弥（1333—1384）：南北朝时代的能演员、剧作家，观世流的始祖。在大和猿乐里加入曲舞等要素，革新歌谣，集能之大成。

3　世阿弥（约1363—1443）：室町前期的能演员、剧作家，观阿弥的长子。在足利义满的支持下，集能乐之大成。

4　毛越寺：位于日本东北部岩手县西磐井郡平泉町，是一座天台宗寺院，由慈觉大师圆仁兴建于850年。拥有日本国家"特别历史古迹"和"特别名胜"双重称号。

毛越寺本堂

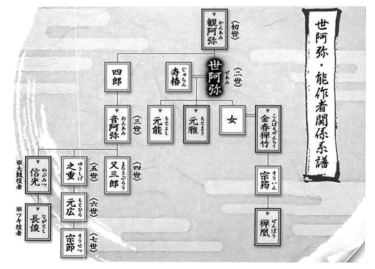

室町时代的能乐世界

作，让我们深深感受到中世 [1] 人们祈求长寿、幸福的纯真意愿。

世阿弥拥有绝世美貌，少年时代就深受二条良基 [2] 和足利义满的喜爱，向世人展示了自己的表演才能。后来，他逐渐摆脱对父亲观阿弥的模仿，转换成意境幽玄的新艺术风格。

但是，世阿弥所演绎的猿乐能，首先还是为观众特别是为贵族祈求长寿和幸福，发挥艺能本来祝愿延年益寿的作用。其出发点是如何迎合像足利义满这样的达官显贵的喜好。世阿弥在 38 岁时写了一部能乐理论著作《风姿花传》，其中讲道：

> 秘义云：所谓艺能就是让世人从内心快乐，以引起不分贵贱所有人的共鸣为目的，应该成为增进寿福之基础，延长寿命之方法。说到底，可以说所有艺道都可以有增进寿福的功能。尤其能之道，可以经过彻底的稽古达到最高的水准，在世上留下名声，在得到天下认可的同时，还增长寿福。

---

1 中世：镰仓时代（1192—1333）和室町时代（1334—1572）。
2 二条良基（1320—1388）：南北朝公卿、歌人、连歌师，连歌之集大成者。初仕于后醍醐天皇，后仕于北朝，为四代天皇的摄政、关白。

中国唐代杨贵妃赠与
日本天皇的螺钿紫檀
五弦琵琶

然而，需要注意，有审美素养的上流人士的眼中所看到的是达到最高艺术水平、层次的演员，演员与观众的层次完美匹配，因此没有任何问题。但是，愚蠢之辈、地方、乡下缺乏审美素养的看客，可能无法理解高层次的艺术风格。该如何是好？要解决这个难点，就不能忘记最初面向民众表演的、平易的能，根据时间、地点，表演让鉴赏力低下的观众也能产生共鸣的能。这样才能带来观众与演员双方的幸福。

如果深刻领悟了这种世间真实状态的本质，那么从高贵府邸到遍布山寺、穷乡僻壤的神社祭礼，演员不管在哪里都要争取做不被差评、带来寿福的高手。不管技艺多么高超，不被民众爱好的演员就不是增长寿福的高手。正因如此，亡父观阿弥不管是在哪里的乡下、山村表演，都站在观众的立场上，以当地风俗为最高准则规范自己的表演。

鹿苑金阁寺

　　这段文字与其说是写世阿弥自己，不如说是写其父观阿弥，其中明确指出中世艺能的本质就是祈祷实现"添福添寿，高寿延年（幸福长寿）"这个世人皆有的愿望。

　　在能以外，世阿弥还以舞蹈与和歌为中心，创作了层出不穷的优美新作。"梦幻能"是梦境与现实交错，亡灵与化身纷纷登场的能，现在的能也经常表现癫狂的世界，与之前的猿乐能完全不同。世阿弥将能的这个有趣之处称为"花"。从观众的角度来说，有可以感知年轻美貌的少年之花，有30岁的壮年之花，也有老年之花。

从表演者的角度来讲，"花"是指必须表现出来的"幽玄"境界。《花境》中说："美丽柔和的身体便是幽玄本身。"就像前引《风姿花传》中所说的，需要得到世人普遍的欣赏（众人爱敬），但是从世阿弥把着眼点放在王朝之优美上可以看出他对幽玄的重视。这也是支持世阿弥的北山文化之中坚的志向所在。

在北山宅邸中心建造的中国式楼阁建筑金阁寺表现了北山文化将王朝贵族的特质与唐物的外来文化的巧妙结合。金阁寺的第三层（究竟顶）为唐式建筑，反映了前代以来武士（武家）、贵族对深深吸引他们的中国文化的憧憬，而下层是和式，北山宅邸的中心是王朝的寝殿式建筑。

南北朝孕育的独特审美意识在内乱中走向终结，而在内乱中诞生的多样审美意识被汇集起来，以传统的王朝文化为基础，按照一定的秩序逐渐定型。

第四章　书院茶道

一、书院式建筑的形成

1. 什么是书院式建筑

　　自古以来，日本人的住宅建筑有在贵族社会发展起来的寝殿式建筑，也有不铺设地板的竖穴式建筑的平民住宅。[1] 14—15 世纪，也就是南北朝时代至室町时代初期，诞生了被称为书院式建筑的建筑形式。它是在寝殿式建筑的发展过程中，受寺院建筑的影响而产生的，特点是建造被称为六间[2]（铺设十二张榻榻米）或九间（铺设十八张榻榻米）、接近正方形的房间，而且拥有前三室、背后三室，合计六室布局的待客空间——

1　竖穴式建筑：地面下挖几十厘米的半地下构造的住宅。流行于绳纹、弥生时代，古坟时代以后逐渐消失。在亚洲、美洲的寒冷地带最近仍在使用。

2　间：衡量榻榻米时，一间为六尺三寸约 1.91 米。

会所，同时，设置了台板、窗前文案、错落橱架等多种多样的装饰性橱架。另外，室内铺满榻榻米也是书院式建筑的重要特点。

书院本来指窗前文案，镰仓时代被称为凸出文案（出文机），在向外打开的窗下，安装了便于看书或是书写的橱架。渐渐地，人们又称它为书院床，主要起装饰房间的作用，成为这种建筑形式的总称。在这种新型建筑形式中，装饰性橱架具有极其重要的意义，在房间装饰，即"室礼"的鉴赏和形成以礼仪、文艺为中心的生活文化方面发挥了重要作用。

装饰性橱架的中心是台板。台板一词初见于嘉庆二年（1388）。（《八坂神社记录》）也许这一时期，已经开始镶上被称为二间或三间长板的台板作为装饰性橱架，悬挂唐物绘画供人欣赏了。台板的起源不明，但是在没有装饰性橱架的住宅内，墙壁上悬挂佛像画或神像画时，都会在画前放置文案那样的矮桌，在桌上摆放香炉、花瓶，供香、供花。这个矮桌也随着挂画的恒常化而变成固定安装的橱架，成为台板。

2. 月光殿

那么，台板、错落橱架、书院装饰是什么样的呢？我们可以借助 17 世纪书院式建筑的遗存——护国

护国寺月光殿

寺月光殿作具体说明。

　　月光殿曾是近江国园城寺塔头的客殿，明治时期移至东京，昭和初年又移至现在的护国寺，是寺院建筑的残存。其建成年代大致为近世初期，如今已被定为国家重要文化遗产。它的房间布局为南北二列式，南侧是一之间与二之间一列，北侧是上段间[1]与次间[2]一列，南侧为非日常的待客空间，北侧为日常的个人居住空间。

1　上段间：在书院建筑中，连接下段间，框架高出一段设置的坐席，主君在这里面对家臣而坐。

2　次间：位于主要居室的上段间的隔壁，侍从等准备、等候的房间。

在一之间的正面安装有二间宽度的台板和错落橱架。台板壁面是固定的木板，挂轴为狩野永德[1]作品。这里挂着三幅对，前面摆设三具足[2]，这是最正式的装饰方式。错落橱架上摆放香具等，窗前文案里装饰着文房用具。

二、客厅的礼仪

1. 书院式建筑的影响

书院式建筑从各个方面影响了日本生活文化。首先，书院式建筑影响了被称为武士故实（故实）[3]的武士仪礼。其次，它孕育了武士仪礼的一个环节也是最正式的茶——书院茶。在探讨书院茶的特点之前，先通过武士的宴会礼法来了解一下严格的武士礼法的形成原因。作为背景，首先来看一下日式客厅的形成过程，尤其是铺设榻榻米的问题。

1　狩野永德（1543—1590）：安土桃山时代画家，仕于织田信长、丰臣秀吉，在安土城、大阪城、聚乐第等的障壁画上发挥了自己的才能，确立了豪壮华丽的桃山障壁画风格。

2　三具足：佛教用语。指香炉一具、烛台一对、花瓶一对，这三个种类的器物，故名。

3　故实：过去的仪式、制度、规则等规章、习惯。作为先例，具有规范、准则意义。

根据建筑史的研究成果，从 14 世纪末开始，榻榻米从仅仅铺在人们就座的地方到铺满室内地面，到 15 世纪已相当普遍。当然，根据居民的阶层、建筑、房间特点的不同，也有出现时代更晚的。虽然不能一概而论，但是在上述时间里，作为武士待客空间的客厅已经铺满榻榻米。这一时期正是足利义满统一南北朝、武士文化在吸收贵族文化的基础上开花结果的时期，从此开始，武士文化核心的"武士故实"开始走向井然有序。

2. 主君行幸礼仪

"武士故实"包括射礼、逐犬、放鹰等武士的教养，同时还包括武士一年所有的例行活动。更重要的是，"武士故实"新制定了之前没有的具体的食礼、赠答礼、言谈举止的礼仪。武士故实的集中表现之一便是行幸礼仪。

行幸是指主君造访家臣府邸，尤其指将军、大名造访家臣府邸时的礼仪。天皇行幸足利将军官邸也属于这一范畴。例如，应永十五年（1408），后小松天皇[1]巡

1　后小松天皇（1377—1433）：第 100 代天皇，1382—1412 年在位。6 岁接受父亲后圆融天皇禅让，即位北朝天皇，1392 年，由南朝天皇后龟山天皇传三种神器，南北朝统一。

幸足利义满的北山殿，对武士故实的形成产生了很大作用。接下来的永享九年（1437），后花园天皇[1]巡幸足利义教（足利義教）[2]的室町殿，看一下当时的记录《室町殿行幸御饰记》可知，稍后的书院装饰的基本形式已经形成。反过来也可以认为，这些室内礼仪作为武士故实的内容定型后就成了书院装饰。以这些事例为背景，也就形成了行幸故实。

江户时期的故实研究家伊势贞丈注释室町时期著名的故实研究家伊势贞顺（伊勢貞順）的著作，完成了《条条闻书贞丈抄》，其中记载的行幸过程可以概括如下：将军出行的队伍临近时，主人的大名要到门外迎接。将军抵达后，立刻到公卿之间，举行"三献仪式"之礼。伊势贞丈注释"公卿之间"说："关于先公卿之间行幸之礼，根据行幸的记录，就是将军首先进入客厅就座。公卿之间指客厅里上座间的座位……在三光院内府实澄公的记载里，公卿座位铺设四张或六张榻榻米，

1　后花园天皇（1419—1471）：第 102 代天皇，1428—1464 年在位。作为后小松天皇的养子继任，应仁之乱中退位出家，以足利义政为院执事，施行院政。

2　足利义教（1394—1441）：室町幕府第六代将军，1429—1441 年在职。足利义满的四子，出家，兄义特（第四代将军）生前没有指定继承人，抽签决定义教为继承人，于是还俗，在政治上模仿父亲义满，力图恢复将军的权威。

花御所的公卿座位铺设六张榻榻米。"在书院式建筑样式形成之初，只有公卿之间还依旧保留着色彩浓郁的寝殿式建筑风格，在此进行行幸礼仪中礼节性最强的三献仪式。

3. 所谓三献仪式

作为武士故实的三献仪式在室町时期定型了。平安时代以来，关于献的次数有很多争议，《西宫记》等文献也记载了三献之礼源于中国。到了室町时期，沿用中国理论，"礼仪之初，着裤[1]、元服[2]、乔迁以下祝酒肴必三献"。（《海人藻芥》[3]）最初的三献尤其是三献仪式成为仪礼的出发点。行幸的宴会大体分为三个部分。第一部分是三献仪式的酒礼，第二部分是以饭菜为主的飨膳，第三部分是提供下酒菜和艺能表演的酒宴。在这样的宴会当中，仪式性最强且非日常的三献仪式在

1　着裤：平安时代的人生礼仪之一。幼儿首次穿裤的仪式。最初是贵族的礼仪，之后被武士接受，逐渐连平民也举行。古代是在 3 岁时举行，后世在 5 岁或 7 岁，最后演变为 11 月 15 日的七五三祝福仪式。

2　元服：奈良时代以后的男子成人礼。一般在 11—16 岁之间举行，结发，改服，戴冠。

3　《海人藻芥》：惠命院权僧正宣守于 1420 年完成，记录从镰仓时代末到室町时代的僧俗典章制度、岁时活动等的先例、典故。

书院式建筑中唯一拥有寝殿式建筑风格的公卿间[1]中举行。飨膳开始移步至主殿或会所举行。从这里可以看出，新的武士文化是在融合古典贵族文化的过程中逐渐发展形成的。

在三献仪式中，主从之间贡品的献礼和赐酒等复杂的礼仪结束后，在主殿或会所里七、五、三膳的用餐，之后是茶果款待。再准备酒肴，设酒宴。这时在会所前搭设能的舞台，上演十三出能。每一出表演结束后，猿乐表演者都会走上台来接受服装、金钱的赏赐。酒肴也有十三献或十七献，因此下午两点开始的宴会往往进行到深夜，主君一行也有可能到第二日早上才回府。

4. 繁琐规矩的意义

《条条闻书贞丈抄》中，从三献仪式到食案配置方式，甚至酒肴的服务方式等，礼节极为繁琐。虽然在此无法逐一探讨，但是，为什么要这么繁琐的规矩呢？

缘由之一，是日本人主君的恩惠与臣下的奉仕这一封建主从关系观念，在这样的礼仪空间中，以视觉形

---

1 公卿间：中世设在宅邸、寺院等的客殿一端的房间，用于接待访者。

式展现出来。与此同时，礼仪的空间不管是在寝殿式的公卿之间，还是在会所，都比较狭窄，而且是与外界明确隔绝的客厅这种特殊的空间，在这里的拜谒要经过好几重仪式，作为神圣空间的场所无疑具有重要的意义。朝廷的仪式活动也会同时使用庭院、轩廊等开放空间。与之相比，武士礼仪所具有的紧张感绝对强烈。在非常接近的位置被主君注视，要求举手投足优美而中规中矩。一举一动都关系到对这个人的评价。《竹马抄》[1]主张"从人的举止就能看出他的品位和心地"，在客厅举行行幸礼仪的话，进一步强化了这个意识。

再进一步，就要求举止优美。忌讳焚香浓度过高，禁止用夸张的礼法来引人注目（《宗五大双纸》[2]），都是这种意识的具体表现。人们利用真行草[3]这一书法理念把举止规格化，出现了授刀仪式等。（《风吕记》）这些意识与之后促成茶道点茶程式形成的意识一脉相承。

1　《竹马抄》：作者无定论。一说室町幕府管领斯波义将为子孙留下的家训。

2　《宗五大双纸》：伊势贞赖入道宗五著于大永八年（1528）。

3　真行草：书法真书（楷书）、行书、草书三体被日本中世以来的各种艺能作为风格、空间的价值概念使用。真代表正规格式，草代表变形的风雅风格，行介于两者之间。

三、书院茶

1. 新式茶道

"书院茶"以书院建筑为舞台发展而来。在武士故实中，书院茶作为宴会的一个环节，在本膳以下的饮食之后献茶，一种新式茶道由此诞生。

看一下书院建筑的平面图资料，可以发现经常会出现有关茶道空间的记载。《御饰记》[1]说：

> 东面的落间是四叠的房间，里面设置了两叠的茶道架，它和对面次间里的橱架上摆放的物品都如图所示。橱架南面放着奈良纸[2]，上面压着文镇。

由此可知，在靠近东面座席的落间设有带茶道架的茶道间。足利义政（足利義政）的东山殿会所平面复原图中，面南的九间（铺设十八张榻榻米）是正式接待客人的房间，它的北侧后面正中就是茶道间。由同朋众

1　《御饰记》：大永三年（1523）十一月，相阿弥为将军足利义植撰写的客厅装饰书。

2　奈良纸：奈良制作的柔软轻薄的纸。中世作为重要的八朔（八月初一）赠送礼物，这是今天中元送礼习俗的源头。

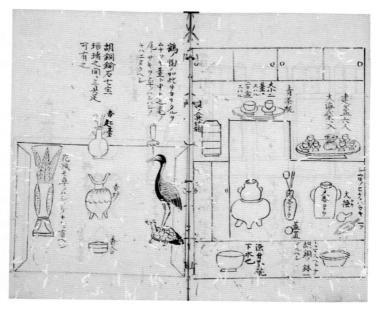

《君台观左右帐记·茶汤棚饰图》

在这里点好茶然后送到正面九间的主人与客人之处。

　　根据《君台观左右帐记》的记载，茶道架的样式如图所示，下面一层放茶釜、水指[1]，错落橱架上放着建盏，并说明如下：

1　水指：茶道中点茶时储存水的器皿，用于补充釜中清水和涮洗茶碗、茶芜。

茶席（木版画）

茶具的装饰方法如图所示。水指的旁边是火铲和棕榈编的扫帚两种，立在架子角。建水不要放在架子上，放在下面风炉左方的榻榻米上即可。放一个胡铜的钵作为釜座，上面放大陶瓷器皿作为煮水器。这些四季不变。胡铜和陶瓷相互协调非常重要。柄勺瓶使用最近流行的小口陶瓷花瓶。盖置[1]也是使用日常的东西即可。不要放奇形怪状的东西。

由此可知，茶具的配置、种类已被规定得井然有序。由于还没有直接在主人面前点茶，所以我们无法知道茶道的点茶程式，以及饮用方法的礼仪是否已经形成。

2. 台子茶

茶道架发展成可移动的橱架——台子出现在主客面前后，点茶就出现了具备礼仪性形式的要求。《南方录·墨引》中有"东山殿御台子所"的图。描绘了在朝南的书院广缘[2]设置一叠面积的台子所，坐在抬高榻榻

1　盖置：茶道中点茶时放釜盖和柄杓的器皿。

2　广缘：铺了榻榻米的房间外缘，是铺上木板的通路，也可以从院子由此直接进入房间，连接室内外。三尺宽即为广缘。

米上的将军观看在这里展开的点茶程式。点茶的心得记录如下：

> 装饰台子的时候如图所示，将军座席从上段间移到下段抬高的榻榻米上饮茶。所谓捜裳的大门，只打开一扇大门进出，茶具搬到其外，两位助手暂时安排在这里传送茶具。这时，点茶的人打开约束和服的带子，用放在外缘上的涤尘池洗手，然后取茶具，拿到台子处。如果茶具已经全部装饰在台子上，没有必要再安置时，打开带子，洗手之后，可以直接到台子前开始点茶。因为将军也看得到洗手的地方，所以必须举止得体。要注意干净利落地洗手。从大门到台子大约三间，捜裳的方法，投足的方法，踏入大门时根据吉凶换脚的规则等，这些与点茶程式相关的礼仪非常重要。

这里说明了在书院里"礼仪非常重要"的台子的点茶程式。相对于主人一方礼仪的点茶程式，引用《草人木》（宽永三年，1626年刊）说明客人一方的礼仪的饮用方法。

> 贵客到来，主人两手持天目台的边沿，屈膝

供上，让客人右手持台，左手扶在天目盏与天目台之间，点两三口的茶，其后放下天目台，仅捧着天目盏饮用。

这种台子茶并不是在室町时期形成的，反而是在桃山时代天下霸主丰臣秀吉的茶道中，以书院台子茶作为最正式的茶道形式固定下来。其背景是遵从室町将军茶礼的意识。

最后概括一下：

第一，伴随着客厅这一封闭性礼仪空间的诞生，出现了行幸礼仪。作为款待主君宴会的一个环节，茶道成长为具备一定形式的礼仪。

第二，引领书院茶发展的典型人物是能阿弥（能阿弥）[1]、艺阿弥（芸阿弥）[2]、相阿弥（相阿弥）[3]等同朋众。他们的主要任务是"唐物奉行"，即管理和装饰使用当时极为盛行的中国舶来的艺术品——唐物。

1　能阿弥（1397—1471）：画家、连歌师，与儿子艺阿弥、孙子相阿弥合称三阿弥。将军足利义教、义政的同朋众，据说是《君台观左右帐记》的作者。

2　艺阿弥（1431—1485）：室町中、后期画家，足利义政的同朋众，擅长水墨画，有《观瀑僧图》（藏于根津美术馆，重要文化遗产）等作品。

3　相阿弥（？—1525）：足利义政的同朋众，尤其擅长水墨画，据说他完成了《君台观左右帐记》。

　　也就是说，书院茶道与占据武士故实重要部分的
室礼密切关联，同步发展。至此，作为日本武士社会
"正统"的室礼文化而诞生了。

第五章　插花的历史

一、插花的产生

1. 花之灵威

　　日本人热衷于插花的心理基础，应该是对仙居在花中的神之力量的信仰吧。伴随着春天的到来，飒然开放的山花漫山遍野，鲜花怒放。看到这样的景象，无论是古人还是现代人都会感到不可思议。尤其是在嫩芽刚刚破土而出，山体还是一片枯黄，还看不到新绿的早春，突然看到早早绽放的白色雪樱，无疑给古人春天到了的强烈印象。

　　春天的到来对于以农耕为业的人们来说，意味着农事的开始，要准备迎接保佑农事、带来丰收的农业之神。"早（sa）"一词曾经是农业之神的象征，比如"早姑娘（saotome）""早苗（sanae）"等，意味着农业之神就在其中。"樱花（sakura）"也是其中之一。"kura"是神座，意指神所在之处。而"sa"是农业之神，因

染井吉野樱，又名东京樱花、日本樱花，
是目前最广泛种植于日本的樱花

此"樱花（sakura）"就是神所在之处的意思。看到
山中骤然绽放的樱花，的确让人产生一种神从深山之
中走来降临村庄的感觉。"花（hana）"一词是从"秀
（ho）""占（ura）"而来，意为预兆、先知。可以说，
日本人是在花中看到神，领会神意的。

花在盛开时有一种逼人的气势，给人一种超人的
力量之感，这就是花之神威。基于不让这种力量对人类
产生负面作用而压制它（镇花），让蓄积的花之神威转
化为一种活力吹入人间的愿望，产生了所谓的"镇花
祭"。比较典型的是京都今宫神社的镇花祭。用花装饰

今宫神社本殿

的伞便是神灵所在的地方。人们从伞下穿过，让花的威力进入体内，祈求一年平安无事。

不仅是变化激烈的花卉，就是四季常青的树木也是无所不在的神灵的凭依之处。正月立在大门前的门松就是年神的依宿之处。松树、杉树、罗汉松、杨桐等树木经常被认为是象征神灵的神树。后面所要讲的室町时代被称为"立花"的插花形式产生时，松枝作为"真"[1]高高在上，立于花卉的中心，也反映了迎接神灵的心态

1　真：也作心，花道中，作为核心的花枝，在技术上称为主枝。

在赏花意识的确立中发挥了很大的作用。

那么，这种以日本人的信仰为背景的插花又是如何发展起来的呢？接下来我们就看一下山根有三的见解。

2. 古代的花

古人采摘鲜花插放的最根本动机是信仰。等到佛教传入日本，便与佛像的供花形式相结合发展至今。遥远的印度和中国的供花形式虽然与日本不尽相同，

可作供花的檔树花

但是通过曼荼罗[1]和绘画作品可以大致领略它们的风格，日本吸收了感觉比较亲近的中国式供花。据说真言宗与天台宗多用四季常青的檫树[2]作为供花，但问题是这种做法是从何时开始的呢？日本神社供奉的"瓶花"也使用常青树的树枝（《石清水八幡宫曼荼罗》，京都·栗棘庵藏），因此这是神佛习合[3]的产物。

著名的《鸟兽戏画》[4]在第一卷中有这样一个场景：在供奉青蛙本尊的猿僧正面前的桌子上，只供放了一个细口凸腹的花瓶，里面仅插有三枝莲花。这是要戏谑法华会，但反映了民众供佛就是以这种简略化的供花为主。在庶民信仰产物的板碑[5]上，作为阿弥陀和地藏

1　曼荼罗：佛教密宗按一定仪制建立的修法的坛场，以轮圆具足或"聚集"为本意。供曼扎是积聚福德与智慧最圆满而巧妙的方法，以曼达的形式来供养整个宇宙，是很多方法中最快速、最简单、最圆满的。素材的曼荼罗花又称山茄花，一年生草本植物，原产印度。

2　檫树：4月前后开黄白色的花，叶子可以提取抹香。因为用于供佛，也称佛前草。中国称毒八角。

3　神佛习合：又称神佛混淆、本地垂迹。是将日本本土信仰与佛教折中，再习合形成一个信仰系统。一般指日本神道和佛教发生合一的现象。

4　《鸟兽戏画》：京都高山寺收藏的画卷，共4卷，据说是鸟羽僧正所作白描画。最著名的第一卷用拟人的手法描绘了蛙、兔、猴等游戏的场景，是12世纪平安时代的作品。第二卷的时期相同，画了各种鸟兽。第三、四卷也是人物、鸟兽的游戏画，作于镰仓时代。

5　板碑：用石板建造的塔形墓碑。原注：石塔婆的一种，镰仓、室町时代的遗存以物居多。

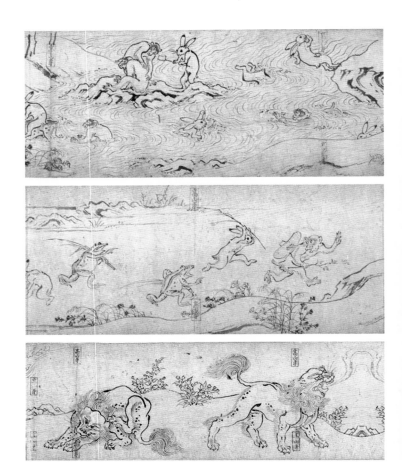

《鸟兽戏画》

菩萨的供花，刻有两三枝莲花、莲叶，说明供花使用莲花的认识已相当普及。

不仅是神佛供花，室内装饰的"瓶花"也是古已有之。纪贯之的和歌就说：

> 樱花插瓶见渐凋，送歌中务。（《后撰和歌集》[1] 卷三）

为迟凋零插瓶中，反见凋零，说明当时在皇宫或贵族宅邸里，经常会将樱花插入瓶中作为装饰。

《伊势物语》[2] 第 101 段"藤之花影"里，在原行平（在原行平）[3] 说："情趣高雅之人瓶中插花。"为了招待为美酒而来的客人们，行平把长三尺六寸（约 1.1 米多）的藤花插进瓶内，客人们又以别具匠心的藤花为题，吟诗作赋。这里有意思的是，这"瓶花"是招待客人的

1　《后撰和歌集》：天历五年（951），村上天皇敕命大中臣能宣、清原元辅、源顺、纪时文、坂上望城的梨壶编撰的和歌集。将纪贯之、伊势等的 1420 首和歌，分成四季、恋、杂等十个部分。

2　《伊势物语》：平安时代的和歌小说。作者及其年代不详。由多以"昔，男……"起句的 125 段组成，以男主人公在原业平一生的恋爱为中心。

3　在原行平（818—893）：平城天皇之孙，阿保亲王之子。平安初期有名的和歌家，官位中纳言正三位。

"装饰花"，以及客人称赞行平为"有情趣之人"，也就是解风流的人，所以才有这样的待客方式。

但是，在室内装饰鲜花是不是当时日常性的行为还不明确。室内还没有专门用于陈设插花的地方。正如《枕草子》[1]中在青瓷瓶里插入五尺高的樱花的例子，"花开勾栏外"，这是临时放置于清凉殿的外缘高处。

二、进入日常生活的"瓶花"

画卷中的插花

到了中世，通过画卷可以看出作为室内装饰的插花的发展状况。

镰仓时代，新佛教在庶民阶层得到普及，旧佛教也开始生活化的传教。在镰仓末期的《法然上人绘传》[2]

1　《枕草子》：平安时代中期的随笔，长保二年（1000）成书。作者清少纳言仕于一条天皇的皇后藤原定子，以日记、类聚、随想的形式，记载了宫廷工作的体会，以敏锐的感受描写了人生、自然和外界的各种事物，与《源氏物语》一起，被视为平安女性文学的双璧。

2　《法然上人绘传》：描绘净土宗开山祖师法然和尚生平事迹的传记性画卷。有画卷、挂轴等多个不同系统，其中后伏见上皇敕命舜昌编撰的《法然上人行状绘图》48卷最有名，藏于知恩院，为日本国宝。

（14 世纪前半叶）等画卷中，出现了很多在住宅内参拜佛像和佛画的场景，供桌上摆放着"瓶花"，说明"瓶花"已进入了日常生活。其供奉形式根据宗派虽有所不同，但都已简单化：中央放置香炉，左右配以小花瓶，或者中央放置小花瓶，而右面摆放烛台，左面放置香炉。然而此时的"供花"仍以莲花居多，由于新佛教的关系，也会看到只使用常青树枝的例子。

在"装饰花"的事例中，《春日权现验记绘》[1]第十五卷中（1309，御物），在房间的垫子上摆放着一只青瓷细口花瓶，里面插着叶子已经变红的枫树枝，十分引人注目。另外，《慕归绘》[2]第五卷（1351）中，本愿寺三世觉如（觉如）上人[3]举办诗会时的墙壁上挂着三幅一组绘画，中间是彩色的人麿[4]画像，左右分别配以水墨梅图和竹图。前面的供桌上装饰有"瓶花"。在中

1　《春日权现验记绘》：镰仓时代的代表性绘卷，共 20 卷。描绘了春日大社创建经过和各种灵验。高阶隆兼绘，左大臣西园寺公衡发愿，延庆二年（1309）供献于春日大社。以细腻华丽的画风立于大和绘的顶峰。日本国宝。

2　《慕归绘》：南北朝时期的传记性画卷，作者慈俊从觉。

3　觉如上人（1271—1351）：镰仓时代后期净土宗僧侣，亲鸾曾孙，以三代持持的血脉为号召统一教团，成为本愿寺第三代。

4　人麿（约 662—706）：姓柿本，日本万叶时代初期诗人。作品大都收在《万叶集》中，被尊称为"歌圣"，在日本文学史上占有重要地位。

青铜质地的花瓶和香炉

中国元代画家王冕 《墨梅图》

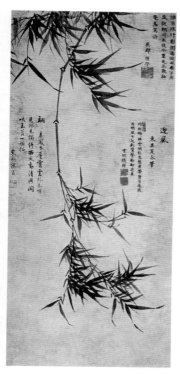

中国明代画家夏昶 《风竹图》

间放置的香炉两侧都放着花瓶，花瓶里各插一株貌似松枝的常青树枝。由于人麿是作为歌神被人们崇拜，所以他前面的瓶花可以看作是供花。但是，左右的水墨竹图和梅图明显是欣赏用的挂轴，那么前面所放置的"瓶花"，也就可以理解为"装饰花"了。也就是说，在这里供花与装饰花已经没有什么差别了。

由于挂有人麿图、竹图、梅图的三幅一组绘画的墙壁向内嵌入 50 厘米左右，如果在前面安放一张桌子，就像《祭礼草子》[1]（15 世纪前半叶，前田育德会藏）中所看到的那样，出现了"台板"。台板是壁龛（床间）的前身，在日常生活中，作为观赏挂轴之类的绘画作品或是花瓶

1 《祭礼草子》：室町时代的绘卷，描绘了某种祭礼的场景。

等工艺品的空间是再适合不过了。

　　总而言之，进入日常生活空间的"供花"和"装饰花"，在经历了镰仓时代到动乱的南北朝时代后，向更广阔的阶层普及。另一方面，住宅建筑中伴随着书院式建筑形式的产生，由以前的临时空间转变成了台板、错落橱架、窗前文案等常设空间。由此，"供花"和"装饰花"在强烈需求与新的审美意识的推动下合二为一，从而形成了一种新的艺能——插花。

三、插花之集大成

1. 客厅装饰与插花

　　室町时代形成了书院式建筑，台板、错落橱架、窗前文案等各类装饰空间被创造出来，为插花提供了可能。在台板处装饰的三幅组挂画，中间悬挂本尊画，两边配以装饰画，三幅组的前面如佛前一样摆设三具足，并插一束鲜花。因此，台板上摆放的鲜花便拥有了"供花"的特征，同时它也是室内装饰的瓶花。也就是说，室町时代的"立花"集合了装饰花与供花的种种特点，形成了日本插花之根本。然而将插花作为室礼固定下来还是依靠同朋众发挥的力量。

　　同朋众中，立阿弥作为"插花名手"而为足利义政所任用。文明十八年（1486）二月十日，得到"浅红梅、深红梅各一支以及水仙数枝"的馈赠后，义政特别命令立阿弥为他插花。当时立阿弥因中风卧病在床，尽管如此还是应将军之召，去将这些花插入适宜的花瓶中，赢得了格外的赞赏（《阴凉轩日录》[1]）。值得注意的一点是梅与水仙相互搭配。这个故事说明义政深刻理解到"插花之美"超越了自然花卉之美，以及立阿弥是义政身边的"立花"第一人。这是一个极为特别的例子，虽然不是作为客厅装饰的"立花"，但是这位立阿弥已经在永享四年（1432）作为同朋众，为义政做客厅装饰了（《满济准后日记》[2]），他的插花技术与对美的感悟无疑是从客厅装饰的经验中获得的。

　　义政的近臣台阿弥也以"立花"著称，而与客厅装饰有关的"立花"名手还有绣谷庵文阿弥（初代和

1　《阴凉轩日录》：相国寺鹿苑院内的阴凉轩主的工作日记。1435—1466 年为季琼真蕊记录，1484—1493 年为龟泉集证记录，多为以五山为中心的政治、美术的记载。

2　《满济准后日记》：醍醐寺座主满济（1378—1435）的日记。作为足利义持和足利义教的护持僧，满济是将军的近侍，日记中早期多禳灾祈祷的记载，逐渐被称为"黑衣宰相"参与幕府机密，于是政治、外交的内容增加，以其客观的记载而成为室町时代前期的重要史料。被授予准三后的名誉称号，简称准后。稿本为国家指定重要文化遗产。

二代）。初代文阿弥于永正九年（1512）从相阿弥处得到了《细川殿御饰记》，以七十余岁的高龄，逝于永正十四年（1517）（《二水记》[1]）。他的"立花"宛如生长在土壤中一般富有生命力，不仅武士社会，在贵族中也深受欢迎。（《翰林葫芦集·绣谷庵文阿弥肖像赞》[2]）

《文阿弥花传书》[3]的核心部分与《仙传抄·奥辉之别纸》（《群书类从》）、《义政公御成式目》（《都林泉名胜图会》）拥有相同内容，因此，作为客厅装饰系列的花传书可信度非常高。

其内容首先从最正式的台板装饰"三具足之花"开始，然后依次是"两侧之花"、错落橱架、窗前文案之"花"。其"立花"理论的特色是"根据花瓶的特点，反复斟酌与其相适宜的立花样式"。一般规定"花的高度是花瓶高度的一倍半"，但是也会因花瓶的形状、质地，以及所使用花木的粗细不同而变化。另外就

1　《二水记》：室町时代的贵族鹭尾隆康的日记，从永正元年（1504）开始，到天文二年（1533）。是了解日益没落的贵族的重要史料。

2　《翰林葫芦集》：景徐周麟（1440—1518）所撰汉诗集。名周麟，道号景徐，室町时代后期临济宗僧侣，相国寺八十二代，也是五山文学僧。

3　《文阿弥花传书》：文阿弥家传插花秘籍。

像"错落橱架的立花可以根据橱架的不同"的原则，重视与装饰场所的相互调和。"真（心）""本木""下草"这种"花卉的搭配"在以前的"供花"和"装饰花"中是没有的，由此与花瓶的协调，以及上下左右的伸缩、平衡的取舍方法等都很值得关注。整体上根据造型的感觉重视结构之美，与客厅装饰中的"立花"观念非常契合。

2. 立花的普及

根据《山科家礼记》[1] 的记载，侍奉贵族山科言国的大泽久守与武士斯波义敏、斯波义宽等人，从文明年间开始成为"立花"专家谷川入道的弟子。长享二年（1488），由古川入道传授了"花传书"的大泽久守在从长享二年正月到明应元年（1492）的五年间，屡次应召入宫，在小御所[2] 和黑户御所[3] 的台板、错落橱架上插

1　《山科家礼记》：山科家杂掌大泽久守、重胤等人的日记，留下了1412 年和 1457—1492 年的记录。多是山科家的财政与领地的相关内容，尤其对于山科乡的乡村动向记载得非常详细。

2　小御所：京都御所的建筑之一，在紫宸殿的东北。

3　黑户御所：京都御所位于清凉殿北廊的细长房间，用来安置在私室或随身携带的念持佛和祖先牌位，据说缘于房门被煤炭熏黑。

花，其数量多达百瓶以上。久守的"立花"特点，也可以说是谷川一派的特点，如"台板上，中间立松，左下插松枝，右侧插各色草花"，或是"浅水盘，中间立桧柏，下面插柏枝，左侧插各色草花"，是由多种花木搭配插在一起，而且选用适合大型作品的广口花器，如用马盆状浅水盘、大饭钵等代替。当然这些花瓶都不是唐物，是相当自由的客厅装饰。

同样，六角堂顶法寺池坊的执行（主管僧务的职位）专庆（専慶）也是初期的插花高手。他在宽正三年（1462）二月受邀到佐佐木一族的武士鞍智高信（鞍智高信）的客厅，将数十枝草花插入金瓶。相传洛中[1]的插花爱好者都慕名而来欣赏他的作品。（《碧山日录》[2]）当时，被誉为"临摹唐式佛前供花高手"的等持寺僧侣叙藏主[3]等也在场。这说明"供花"也有技术上的竞争。在东福寺的一次法会上，也许是为了迎接足利义政，特地铺设"狭长的台板""在大瓶或是大饭钵

1　洛中：平安时代平安京在文学上的雅称为"洛阳"，京城内就是洛中。

2　《碧山日录》：室町时代东福寺僧侣云泉太极的日记，从长禄三年（1459）到应仁二年（1468）。内容以太极的个人生活和僧侣的涉外公务为主，还包括古代名僧的传记、语录，对于典籍的认识、绘画和书籍的鉴赏等。

3　藏主：藏殿之主管。主管禅院经藏的僧职。

东福寺龙吟庵

六角堂顶法寺

中插松树或梅花"。(《阴凉轩日录》)另外,《花王以来的花传书》(相传完成于明应八年,1499 年,池坊家藏)是了解专庆之后的几代池坊流"立花"的史料,虽然内容简略,但是刊载了五十多幅"立花"图。

从 15 世纪中叶到后半期,同朋众以外的"立花"专家相继出现。"立花"从贵族、武士向普通的爱好者普及,在成为客厅装饰核心内容的同时,还进入花会与佛前瓶花领域。

在《仙传抄》[1] 一书末尾的跋中记载了从文安二年(1445)到天文五年(1536)9 位传承者的名字。此书在江户时代初期已出版发行,后来又被收录在《群书类从》中,作为初期的花传书的经典著作很早就闻名遐迩。其内容是由"本文""谷川流""奥辉之别纸"三部分组成,分别编集了不同的古代文献。"本文"中大量不同于客厅装饰系列的花传书的传统和观点耐人寻味。

"本文"部分没有过多涉及唐物花瓶和绘画,首先,以"元服花事"开篇,"法师的花事""出征花""移居花""祈祷花""七夕花""佛事花""祝前花""嫁娶花""待人花"等,对身边的仪式活动和事件所适用的

---

1 《仙传抄》:室町时代中期的花道著作,作者不详。

插花方式做了详细记录。

客厅装饰系列的"立花"以唐物以及以针对唐物做造型方面的设计为主，此书中的"本文"内容则是主要运用"立花"来反映室町时代的传统生活与自然感情，可以说是介绍了相对于"唐式"的"和式"的"立花"。

3.《专应口传》

从大永到天文年间（1520—1545 年左右），与第二代文阿弥同样活跃的池坊专应（専応）得到了青莲院宫[1]和曼殊院宫[2]的赏识。专应不仅参加在门第寺院[3]举行的花会，还进入皇宫，为贵族"立花"（《二水记》《御汤殿上日记》[4]）。《多胡辰敬家训》[5]（《续群书类从》）中记载的诵读如下道歌的池坊就是专应：

1　青莲院宫：后柏源天皇三子。青莲院是位于京都市东山区的天台宗门第寺院，开山祖是最澄。

2　曼殊院宫：后奈良天皇次子。曼殊院是位于京都市左京区的天台宗门第寺院，最澄建于延历年间（782—806）。

3　门第寺：皇族、贵族出家当主持的寺院。

4　《御汤殿上日记》：位于清凉殿西厢北端，御汤殿上是女官集中的地方，这是她们的日记，是了解宫中日常生活、女性隐语的重要史料，现存 1469—1487 年的记录。

5　《多胡辰敬家训》：多胡辰敬（1497—1562）是战国时代的武将，尼子氏的家臣。

池坊殿下插的花，仅仅一瓶也令人叹服；

雅致的立花，攫取了文阿弥当世人的心。

《专应口传》（天文十一年的《续群书类从》本，此外还有多种版本）与上文列举的《花王以来花传书》和《宗清花传书》等，与池坊流初期的花传书不同，没有刊载"立花"图，内容也完全不同。专应在开头写道，"将花插入瓶内之事，不仅是欣赏花的美丽与草木的风趣"。然后称"此流的风格最宜闲居山野水边之人"，是以"小水尺树"来"代表万里江山之胜概"。

从《专应口传》的本文部分，可以感知他在积极吸取客厅装饰系列花传书的同时，进一步提出学习"自然生长的状态"的新主张。虽然有"仪式中忌避的草木""婚嫁花"等与《仙传抄》的"本文"类似的条目，但是并非无视造型等方面，只是更注重花材的相互配合。也就是说，《专应口传》是站在清新的自然观的角度综合初期花传书的产物。同时代的画家狩野元信运用"和汉融合"的新技法，为后来形成的狩野画风奠定了基础。在这一点上，池坊专应发挥了与他相类似的作用。

通过《专应口传》，可以看到室町时代插花艺术的发展程度。在这之后，立花被分为真行草三种类型，慢慢地自由发展，逐渐走向成熟。草之花就像自然地"抛入"山野中一样，后来成为茶道花的源泉。然而，插花要达到第二次发展高潮，就不得不等到17世纪第二代池坊专好的出现了。

第六章　侘茶的形成

一、四种十服茶

1. 新文化的发展

　　饮茶的习俗逐渐被平民接受后，作为嗜好品的茶发展为新的文化，可以称之为"艺能化"。茶作为贵族的生活文化在第四章中已经作了探讨。作为一种奢侈的游戏，饮茶也出现在平民当中，人们称之为饮茶比赛或是斗茶。

　　饮茶比赛或斗茶是一种辨别茶味异同的游戏。它的代表形式被称为四种十服茶或本非茶。《二条河原落首》[1]中的"茶香十炷之聚会"中的茶便是指斗茶。可

1　《二条河原落首》：落首也作落书，指批判、讽刺政治、社会、人物等的匿名文章，或者故意掉落在一眼就被看到的地方，或者张贴在对象家的门上，从中世到近世都很盛行，类似中国的传单。该文收录在活跃于建武新政中的人物记录的《建武年间记》中。

以说，此时的茶不再是药用，也不是一部分僧侣社会的爱好品，茶已经变身为象征乱世、具有强烈刺激性的新型饮料。

2. 四种十服茶的胜负

先简单介绍一下四种十服茶。首先准备四种茶，将其中一种作为客茶放在一边，把剩下的三种茶每一种分别放入四个袋子里。然后，将三种茶各拿出一袋，按顺序烹点好后请客人品饮。客人此时需要记住第一、二、三种茶的味道。接下来便是分出胜负的关键。主人将剩下的三种茶各三袋共计九袋，再加上刚才的客茶（因为没有试饮过，客人无论谁都不知道这种茶的味道）一袋，即十袋茶打乱顺序随机烹点。客人凭借刚才的记忆来判断现在自己喝的是第几种茶，或是没有喝过的客茶（客茶就用"客"字的宝盖头，记为"ウ"），把答案写在自己手里的牌子上。这时，书记官将客人的答案抄写下来，直到十次茶烹点完毕。最后，将正确的茶的号码公布于众，书记官的记录也就成了得分表。擅长斗茶的人有全部答对的，称为"皆点"，也有一个都答不上来的，称为"极少"。现代茶道把与此类似的仪式称为茶道歌舞伎，其实每一次都回答正确是非常困难的。

这种斗茶正如它的名称"饮茶胜负"一样，是一种赌博，赢了能够得到极为丰厚的奖品，后来演变成酒宴，成为伴有女色的狂欢也是家常便饭。《太平记》中说，那位佐佐木道誉装饰了七个地方，准备了七种茶，堆积了七百种赌注，举办了七十服的饮茶比赛，与乱世相吻合的"猖狂"大名跃然纸上。茶完全成为一种娱乐的工具。

3. 流行的背景

斗茶的流行，得到了不受传统价值观束缚的内乱时期的特有精神支持，从另一个角度来讲，茶业的发展使得斗茶成为可能。茶树在各地种植，由于当地的土质、气候各异，各地生产的茶的品质也有上下之分。在茶基本上只能在京都生产的荣西时代，区分本茶与非茶是不可能的事情。而此时，在京都生产的上等本茶与在信乐、伊势生产的品质低劣的非茶之间的斗茶成为可能，茶的供给能够满足大量消费。

《异制庭训往来》[1] 中写道，"我朝名山以栂尾为第

---

1 《异制庭训往来》：收录了一个月两封，十二个月，共二十四封信的范文。其中三月的信与茶有关，把茶德解释为信与义。还列举了中国和日本的茶产地和斗茶的种类，但是不知真实情况如何。据说作者是虎关师炼（1278—1346），恐怕是 15 世纪的作品。

一"。栂尾高山寺的明惠上人[1]开辟茶园，京都洛北的茶成为天下名茶，这就是"本茶"。与此相比，宇治的茶还属于下品的非茶（后来，宇治茶加入本茶的行列）。然而，从书中所列出的大和、伊贺、伊势、骏河，再到武藏川越等十一处的茶产地来看，当时已经到了全国可以享用茶的时代。

二、斗茶的民俗

讲茶

如果说中世的斗茶保持原样流传至今，并成为一种民俗，一定会有很多人觉得不可思议。群马县吾妻郡中之条町就有一种被称为"讲茶"的活动，与记录中的斗茶，至少在形式上非常相似。接下来就介绍一下这种传承至今的茶会。（《中之条町志》，中之条町志委员会）

在供奉白久保地区氏神[2]的"天满宫"里，每年的

1　明惠上人（1173—1232）：镰仓时代初期的僧侣，被称为华严宗中兴之祖。栂尾山高山寺开山，也以在栂尾播撒师傅荣西从中国带回来的茶树种子，成为饮茶普及的契机而著称。

2　氏神：保佑地方的神灵，类似中国的土地爷。

中国宋末元初
画家赵孟頫
《斗茶图》

1月24日和2月24日，天神的定例祭祀日的前夜，当地全员参加讲茶活动。说是茶，其实也不是纯粹的茶，如下所述，其实是煎汤。下面就引用《中之条町志》里的相关内容。

陈皮：剥橘子皮，干燥保存，讲茶当天切碎放入沙浅儿[1]中炒。用长筷不断搅拌，以防烧焦。

甘茶：以前药铺里基本上都有，最近很难买到，可以请宗教团体解脱会的人分一部分。写作"天茶"，

1　沙浅儿：浅平的砂锅。

读作"甘茶"。

放入沙浅儿中炒，然后用茶磨磨成粉，只要干燥就好，用手捻一下，粉末细腻即可。

涩茶：在茶店买一些市面上卖的茶，等级无所谓，像陈皮和甘茶一样在沙浅儿上翻炒，炒过头的话茶的涩味就会变淡，需要注意。

接下来看一下茶的制作方法。

茶的混合方法：如果把总量定为六份的话，一般按照如下比例进行混合。

一之茶

　　陈皮一份　涩茶二份　甘茶三份

二之茶

　　陈皮一份　涩茶三份　甘茶一份

三之茶

　　陈皮三份　涩茶一份　甘茶两份

客茶

　　陈皮一份　涩茶一份　甘茶四份

因此，客茶最甜，其次是一之茶，猜本茶时这两种茶容易混淆。二之茶因为有涩味，所以几乎所有的人都能猜对。三之茶因为放入了很多陈皮，一般也可以猜出来。用茶磨研磨再筛出的粉末称为"元"，相对于制作"茶"的基本原料，混合后的东西称为"同事"。

高山寺拥有
日本最古老
的茶园

本茶与样品茶：将混合后的茶各分三份，一包样品茶和两包本茶。只有客茶一包会分成"天神用茶""样品茶"和"本茶"。样品茶会在茶包的表面写上茶名，本茶则把包装纸的一端剪成细长条，在上面写茶名后折起来放入茶包中，就像折药包一样，从外面看不出。把像这样准备好的茶放入托盘内，供奉在天神前等待讲茶。

接下来就要开始讲茶了。

茶：讲茶的茶要从"天神用茶"开始，由两位工作人员烹点。地炉上方悬挂一个大铁壶，点火（也有的烧炭火）烧开水。带嘴的陶瓷器皿里放入茶后注入开水，一个人用筷子样的东西搅拌，茶烹点好后分别倒入事先准备好的茶碗（称为"汤吞"）中，其中一碗供奉天神，剩下的茶碗分给参加者（只用最初的天神用茶供奉即可）。每一碗茶四五人轮流共饮，每人只是含一小口品尝味道而已，所以会喝剩下一些，这些茶会放到工作人员事先准备好的大容器里。天神茶品饮完毕后，接下来按照一之茶、二之茶、三之茶和客茶的顺序，烹点"样品茶"，品尝味道。

样品茶（Toyomi）：讲茶开始时上来的样品茶按照第一号茶、第二号茶、第三号茶、客茶的顺序依次端出，然而原来是使用"toyomi"这样的叫法，叫"第一号 toyomi""第二号 toyomi"。而现在则是说"第一号样品茶"，"toyomi"的意思变得不得而知了。

本茶：样品茶试饮后，接下来就轮到了"本茶"。人们再次搅乱托盘上所放茶包的位置，在谁都不知道哪包是哪种茶的前提下，一包一包烹点。不要碰包茶用纸上写茶名的部分，直接插在立在地炉旁的竹签上。人们轮流品饮后，拿出事先发的纸条，在自己认为的茶名处折起来。负责记录的人在名单上记录每个人的答案。宣布结果的人统计答案的数量，负责点心的人根据统计数量拿出相应数量的点心，放入食盒或食案上。这样反复进行七次，点心盒也要准备七个，因为每次都要汇总。

纸条只有七张，如果回答时得出相同的答案，就没有相应的纸条可选，发现自己选错了有时也会让人感到郁闷。

结束：七种茶全部品饮结束后，在地炉旁的工作人员将插在竹签上的包装纸按顺序取下，宣布正确答案。作记录的人在名单上的填写栏，于正确答案处画上一个圆圈，按照答对的人数来决定点心的分配数量。答对者如果只有一人，点心就全部由这个人拿走，不过这种情况非常少见。因为每一次讲茶都要统计答案，分配点心，所以相当花费时间，然而，人们乐在其中。

到此为止，现代斗茶结束了。

三、心之茶

1. 侘茶的源流

举行讲茶活动那天，正是北野天神的祭日。作为讲茶的背景，这让人联想到天神法乐[1]的连歌[2]会。其实，不管连歌会、茶会还是插花，都是在众人聚会的情

1　法乐：诵经，奏乐，舞蹈以悦神。以和歌、艺能等供养神佛。

2　连歌：从数人到十余人连续交替歌咏的诗歌形态。

况下进行。通过这些聚会的艺能，试图达到协力同心、心领神会（一座建立）[1]的境界。

以中世庶民聚会艺能的斗茶以及与其完全相反的象征东山文化的书院茶为基础，另外一种新式茶道即将登场。它在不久之后被称为"侘茶"，这就是今天茶道的起源。

2. 珠光的茶

侘茶的鼻祖是村田珠光。关于村田珠光的记载相当大的部分是传说，个人传记谜团重重，极端地说，此人的存在都令人怀疑。但是，侘茶的集大成者千利休等人认为珠光才是侘茶的创始人，这一点也相当重要。据传，村田珠光是东大寺检校村田杢一的儿子，应永二十九年（1422）生于奈良，11岁入称名寺修行佛道。但是，也许珠光自身感到在称名寺修行还不够，19岁时到一休宗纯（一休宗纯）[2]处参禅，后获得印证认可，

1　心领神会：在茶道中指同席者心心相印，祥和美满。

2　一休宗纯（1394—1481）：据说是后小松天皇的私生子，自幼出家，室町时代临济宗僧侣，继承华叟宗昙法脉，为大德寺四十七代住持。致力于禅宗的改革，擅长诗、狂歌、绘画，一生桀骜不羁。

作为凭证得到圆悟克勤（圜悟克勤）[1]的墨迹，可见在禅的世界的地位。

一休的周围聚集了很多文人，其中就有为了修复大德寺山门而将自己秘藏的《源氏物语》写本卖掉的连歌师宗长（宗長）[2]、能乐师金春禅凤（金春禅鳳）[3]。在记载禅凤言行的《禅凤杂谈》中，收录了珠光的一句话"最嫌无云月"。无云遮蔽的明亮满月之美固然不同寻常，而珠光却没有选择这种圆满之美。云间时隐时现不完全的月亮才是最美丽的，这就是珠光的认识。也许禅凤对此也深有同感，因此才会在谈话中特别指出吧。

一休周围连歌的世界、能的世界、茶的世界有着共通的审美意识——"最嫌无云月"。这是始终贯穿于中世艺文的意识，支撑它的正是中世的禅宗思想。

1　圆悟克勤（1063—1135）：宋代高僧。俗姓骆，字无着，法名克勤，崇宁县（今成都郫县）人。先后弘法于四川、湖北等地，晚年主持成都昭觉寺。声名卓著，御赐紫衣和"佛果禅师"之号，后又赐号"圆悟"，去世后号"真觉禅师"。集雪窦重显禅师颂古一百则，并加垂示、著语、评唱，成《碧岩录》十卷，后世称赞此书为禅门第一书。弟子无数，为临济宗杨岐派的发展奠定了雄厚的基础。

2　宗长（1448—1532）：室町时代后期连歌师，师事宗祇。

3　金春禅凤（1454—约1532）：室町时代后期代表性猿乐师，以金春座大夫与观世座对抗。

村田珠光，被
誉为日本茶道
的"开山之祖"

　　村田珠光觉得即使是极为富裕的町众[1]，也无法收
藏到足利幕府宝库内珍藏的唐物。那么，一味留恋得
不到的东西，梦想用豪华精美的唐物来装饰茶道也是
无济于事。然而，连歌的审美意识以及禅的教诲，让
人们不再对豪华、完美之美心生向往，而是倾向于不
足之美，进而余白之美。珠光在一休处学到的也是与
豪华的书院茶相对立的粗拙的茶。这是把真的规格变形
为草的规格的美。同时，寻求支撑草之美的精神也非常
重要。

1　町众：中世后期在京都组织町组自治的以工商业者为主的民众。除
了举行祇园祭，还是能、茶道等庶民文化的主角。

3. 心之茶

珠光写了非常有名的《心之文》：

> 茶道最忌讳傲慢固执。傲慢自大会导致妒
> 贤嫉能、藐视新手，这是最不好的事情。应该从
> 贤能者处知自己之不足，获得教诲；同时提携后
> 学，期待其成长。
>
> 茶道最重要的是兼备和汉境界，即将日本和
> 中国的境界融合为一体，要时刻牢记在心。
>
> 另外，最近人言冷枯境界，初学者竞相使用
> 国产备前窑[1]、信乐窑[2]陶瓷，尽管没有人认可，
> 可是自以为进入最高境界，荒谬之极。冷枯境界
> 是指在充分玩味中国器具的基础上，建立起精神
> 的基础，由此进入最高的心灵境界。只有这样才
> 能达到"冷枯"，这也是一种乐趣。

1　备前窑：以现在的冈山县备前市伊部一带为中心，从12世纪后期
的平安时代末开始生产陶瓷至今。特色是不用釉。在桃山时代茶道流
行时，诞生了大量极具豪放雅趣的花瓶、水指名品。

2　信乐窑：以现在滋贺县甲贺郡信乐町为中心，从中世开始烧制陶
器。富含长石的白色信乐胎土在高温下变成赤褐色，不施釉，成品陶
瓷色彩丰富。武野绍鸥、千利休都非常喜爱，在桃山时代烧制出诸多
茶道具名品。

尽管如此，没有中国器具的人也不必拘泥于此。对精于茶道的人来说，重要的是不图虚名的率直感受。不要因为不可傲慢固执而失去自信。茶道的名言是古人所云：愿作心师，不师于心。

村田珠光第一个思考茶道中的心的问题。也就是说，茶道是让"心"可以自由自在发挥作用的境界的"道"。茶具综合使用和物与唐物，重要的是互相调和。

四、侘茶的形成——绍鸥的茶

《南方录》说：

四叠半茶室是村田珠光设计的。作为真的茶室用白鸟子纸作墙纸张贴壁龛，杉木板的天井，屋顶是柿葺[1]的宝形造[2]，壁龛有一间宽，珠光在这个房间里张挂了秘藏的圆悟墨迹，台子点

1　柿葺：房顶建造方法，以多层薄木板重叠为特色，很多文化遗产都使用这种技术。

2　宝形造：由四张三角形构成四角锥的方形屋顶。

称名寺珠光庵茶室

茶……到了武野绍鸥（武野紹鴎），把珠光的四叠半茶室做了全面更新，去掉了床壁里的墙纸变成了土墙，木格子变成了竹格子，去掉了低隔扇，铺上了草席。

如前所述，村田珠光的侘茶就是改造豪华的书院茶，表现不足之美。具体怎么做呢？正式的书院墙要安装墙板，贴上纸，在纸上画山水等水墨画。也就是说，从外表来看，就像是将绘画的隔扇张贴在墙壁上。而珠光则在大部分墙壁上只贴白色的鸟子纸。什么都没有画

武野绍鸥像

的白纸反而绘尽了一切。这就是"简化变形[1]"（やつし）之美。另外就是所谓杉木板的无边天井，书院的天井需要雕梁画栋，而珠光则仅仅钉上一块杉木板，也是简化变形。

进而，武野绍鸥是怎么做的呢？他将珠光贴上的鸟子纸揭下来，变成直接能看到泥土的墙面。这是最为

1　简化变形：原先是寒酸相、与众不同的意思，然后指把权威性的、神圣的东西改造成流行的式样。其中包含简化、免礼、反常、伪装、化妆等特质，产生了特殊的简化变形之美，即"やつしの美"，是日本文化的基本审美意识。

大胆的简化变形。绍鸥也是第一个用"侘"的概念思考与民居毛坯墙如出一辙的土墙所追求的审美意识的人。窗户也不再使用木格子，而是直接钉上竹竿。房间内的地板框，相对于讲究"真"的书院、做涂漆处理的珠光，绍鸥或者只涂一层木纹依旧清晰可见的薄漆，或者干脆不涂漆，甚至尝试过使用带树皮的木地板。通过《南方录》的记述可以看出，武野绍鸥将茶室的表现从"真"变成了"草"，发生了巨大的变化。不仅是茶室，在形成侘茶基本审美格调方面，武野绍鸥也作出了很大贡献。

第七章　千利休与桃山文化

一、千利休的一生

1. 秀吉与利休

千利休于大永二年（1522）生于堺[1]。幼名与四郎，后取法名宗易，晚年使用居士号利休，因此多称他为千利休。在千利休出生的 16 世纪，堺是日本最大的贸易港，也是武器贩卖，尤其是火枪商人集聚的商业城市。因此，战国末期的堺无论是在经济上还是在军事上，对战国大名来说都是非常重要的存在。永禄十一年（1568），织田信长（織田信長）进入京都，将堺纳入管辖范围，也反映了这座城市的重要性。堺在此之前就已成为室町幕府直接管辖的地区（而不是受朝廷支配），

1　堺：位于现在的日本大阪府中部。因其位于摄津国、河内国、和泉国三国的交界处而得名，是一个拥有港口的商业城市。

获得了政治上的自由。根据传教士的记载，即便是在战争期间，堺的安全也能得到保障，不能在堺内作战。

堺的经济实力与政治稳定，使得室町后期到战国时代大量有名的茶器汇集到它这里。室町幕府的宝物——从中国舶来的东山御物[1]逐渐转移到对利益敏感的堺商人手中。凭借丰厚的财力，堺的町众不断收集天下宝物，享受着新式茶道。信长欲将堺掌控在手中的目的，除了堺作为城市至关重要之外，还有就是想把町众的宝物——名物茶器据为己有。

千利休像

1　东山御物：足利义政于 1436 年至 1490 年珍藏的书画、茶器、花器、文房清玩等物品。藏品中最早可以追溯到 15 世纪以前，绝大多数为唐物。"东山"得名于义政的宅邸"东山山庄"。

就在第二年的永禄十二年（1569），在今井宗久[1]等人的调停下，堺与信长达成妥协，信长开始了被称为狩猎名物（名物狩り）的名贵茶具收集活动。也许狩猎名物始于单纯的经济上获得宝物的满足感，但是信长逐渐被茶道折服了。

因拥有名物茶器，被公认是茶道名人的今井宗久、津田宗及[2]、千利休三位町众被任命为茶堂[3]。千利休尤其不同于其他两位强有力的商人，是纯粹侍奉茶道的茶头[4]（也写作茶道、茶堂）。

天正十年（1582），织田信长在本能寺之变[5]中被杀。丰臣秀吉（豊臣秀吉）取而代之成为天下霸主，他

1　今井宗久（1520—1593）：名兼员，安土桃山时代堺的豪商、茶人。武野绍鸥的女婿。通过帮助织田信长控制堺而获得巨大的经济特权。

2　津田宗及（？—1591）：安土桃山时代堺的豪商、茶人，36位主导堺的自治的特权商人之一。与父亲津田宗达师从武野绍鸥，拥有大量名物茶器。

3　茶堂：本义指寺院的房舍之一，即招待施主、议事论佛和品尝香茗的场所。这里指专门为将军点茶的人。

4　茶头：寺院中煮茶待客的役僧为茶头。这里指专门为将军点茶的人。

5　本能寺之变：放生于日本天正十年（1582）6月21日。织田信长的得力部下明智光秀在京都的本能寺发动兵变，杀害其君主织田信长。是日本历史上最有名的政变。

沿袭织田信长的"茶道即政道[1]"的做法，将茶道作为政治工具加以利用。天正十三年（1585）十月，丰臣秀吉在禁中[2]向正亲町天皇[3]献茶。对于丰臣秀吉来说，这既是他就任关白[4]后举行的含有感谢意义的茶会，同时也有正走在称霸全国征途上、向世人展示朝廷有多么支持丰臣政权的寓意。以此次宫廷茶会为契机，利休得到天皇御赐的利休居士号。

　　天正十五年（1587）十月一日，在北野神社召开了北野大茶会。这是在千利休协助下，丰臣秀吉主导的有史以来最大的茶会。茶会召开前，丰臣秀吉在攻打九州的岛津氏。五月七日，岛津氏向丰臣秀吉俯首称臣，丰臣秀吉的天下扩大到了整个西日本，虽然小田原[5]以东还存在反对丰臣秀吉的势力，但不论从经济实力还是从文

1　茶道即政道：本能寺之变后，丰臣秀吉为了表明自己是最忠实的继承者而给织田信长的三儿子织田信孝的老臣斋藤玄蕃允等写了一封信，在提到织田信长允许他做茶道的喜悦心情时出现了"御茶道御政道"这个著名的词语。

2　禁中：天皇居住的皇宫。

3　正亲町天皇（1517—1593）：第106代天皇，1557—1586年在位。努力恢复皇室的各种仪式，维护了皇室的权威。

4　关白：辅佐天皇的官位最高的大臣。

5　小田原：现位于日本神奈川县小田原市内。战国时代曾是知名的难攻不落的地带。

化上来看，从较为发达的畿内[1]到九州基本上实现了全国统一。丰臣秀吉凯旋回到京都后，便谋划着举办一个向京都内外夸耀新时代到来的活动，这就是北野大茶会。此刻的茶道就是政治之道。这种政治性夸示还体现在布告牌上，在劝导日本人、外国爱茶之人参加的同时，还威胁如果不参加这次茶会，那今后将被禁止参与茶道，显示了专制君主的一面。在北野神社大殿内，陈设着名物器具装饰的三个茶室，中央安置着引以为豪的黄金茶室，他就坐在里面，置身于金身包裹的神的位置上。

黄金茶室是铺设三张榻榻米的组合式小房间，可以运往任何需要公开展示的地方。有时运进宫中，有时运到九州名护屋[2]的军营内，用于接待使节。

北野大茶会的成功举办是丰臣秀吉与千利休密切协作的结果。但从那以后，千利休的地位渐渐发生了变化。

从政治上来看，天正十五年这一年，丰臣秀吉梦想着先占领朝鲜，然后再攻占中国。如果出兵朝鲜，就一定要把博多设为根据地。这就是同样作为港湾城市的堺的没落和博多的发展形成鲜明对比的原因所在。以堺这个最大的港口为背景发展起来的千利休的没

1　畿内：指王都及其周围千里以内的地区，即京城管辖之地。

2　名护屋：位于佐贺县唐津市，面临壹岐水道，丰臣秀吉侵略朝鲜时的根据地。

落，与丰臣秀吉器重博多商人神谷宗湛[1]正是这个对比
的一个表现。

　　如果把千利休作为一个政治人物来看的话，就不
得不提及在丰臣秀吉政权内部千利休的政治立场。某位
战国大名曾记录说，丰臣秀吉依赖千利休和异父弟秀
长的支持。丰臣秀长（豊臣秀長）不仅是丰臣秀吉最
可依靠的人，还是最理解千利休的人。从天正十八年
后半年开始，丰臣秀长病情逐渐加重，刚进入天正十九
年（1591），便在正月二十二日去世了。丰臣秀长死
后，其地位被石田三成[2]占据。千利休和石田三成关系
紧张，其中原因很复杂。他和三成派的增田长盛（増田
長盛）[3]、前田玄以[4]的关系也不好。恐怕政治上与这些
人反目，也是导致利休剖腹的一个间接原因。

1　神谷宗湛（1553—1635）：安土桃山时代到江户初期的博多豪商，茶
人，受丰臣秀吉庇护，与中国、朝鲜和东南亚贸易。与千利休也有交往。

2　石田三成（1560—1600）：安土桃山时代的武将，得到丰臣秀吉的
知遇，为五奉行之一。丰臣秀吉死后，在关原之战中败给德川家康，
被处死。

3　增田长盛（1545—1615）：安土桃山时代武将，丰臣秀吉的五奉行
之一。关原之战中虽然与石田三成同属西军，但是并没有参战。战后
被驱逐到高野山，然后又被流放到武藏岩槻（今埼玉）。丰臣家被灭
后，剖腹自杀。

4　前田玄以（1539—1602）：安土桃山时代武将，初为僧侣，还俗后
仕于织田信长长子织田信忠，后为丰臣秀吉的五奉行之一。曾随千利
休学茶。

2. 万念俱空之死

丰臣秀长死后还不到一个月，大德寺山门放置的千利休木像就成了政治问题。在敕使也要通行的山门上安放穿草鞋的千利休像是大不敬。对此千利休也感到困惑迷惘。大概就在这个时期，在他给弟子细川三斋（细川三斋）[1]的信里说：我刚刚从大德寺回来，觉得筋疲力尽，已卧床休息。言下之意，非常苦恼。

利休的死是大约一个月后的二月二十八日。难道就没有人营救他吗？他自己也没有想办法活下来吗？至今都是个谜。

在死前的二月十三日，千利休回到了自己的出生地堺，他根本没有意识到自己是作为罪人回到淀川[2]。没有一个人为他送行，孤零零的。但是当船到了淀川的时候，他却看到了悄悄为自己送行的爱徒的身影。那是细川三斋和古田织部（古田織部）。千利休是多么地惊异和高兴啊！在政治倾轧中，能够万念俱空地死去是千

1　细川三斋（1563—1645）：初仕丰臣秀吉，后从德川家康，在关原之战中立下大功，为丰前中津藩主（现大分县中津市），之后为小仓藩主（福冈县北九州市小仓北区）。擅长和歌、绘画、朝廷礼仪研究，随千利休学茶，为利休七哲之一，三斋流茶道的开山祖。

2　淀川：日本本州中西部的一条河流。源头为日本最大的淡水湖琵琶湖，流向西南，注入大阪湾。这里指利休的家乡。

利休唯一能做的愉悦的事情了。

　　二月十五日拟定好遗偈之后，千利休于二十六日返回京都的家中，等待使者的到来。二十八日雷声滚滚，下起了冰雹，天气也象征了他的愤怒。《北野社家日记》说，当天所下冰雹之大令人震惊，其直径约有1.3厘米。利休的罪状有：一、品德行径恶劣；二、在山门设立自己木像的大不敬行为。

　　　　二十八日，今日降大雨，雷鸣，霰，大霰也。前所未有的大霰。

　　　　二十九日，虽说宗易被称为天下第一茶人，却因品行恶劣处以斩首。宗易虽然重新修建了大德寺山门，但是因为想把自己的名字留存后世，造一个自己的木像，脚踏竹皮草鞋，手持拐杖。有人将此事向关白秀吉大人禀报后，罪孽更重。宗易被砍头，和他的木像一起，放置在聚乐大桥（一条戾桥[1]）上示众。（《北野社家记录》）[2]

1　聚乐大桥：即一条戾桥，在一条大路上架起渡过堀川的桥梁。794年营造平安京时，北限为一条是路名。

2　《北野社家记录》：北野天满宫松梅院的记录。年代不完整，残留着从宝德元年（1449）到元和九年（1623）的一百多册。

二、利休的茶道

1. 乐茶碗之美

那么，千利休用生命完成的茶道有怎样的性质呢？这可以从茶室、茶道具、程式、礼仪以及审美意识等方面来呈现。在此，我们略举一两个例子来说明它的特质。首先看一下茶具，尤其是乐茶碗的创造过程。

在武野绍鸥时代，茶道具从以使用唐物为主向国产器物转变，进而发展到重视介于中国和日本之间的朝鲜半岛的器物。具体来说，一般会将日本备前[1]、信乐[2]等国产陶瓷用于水指、花瓶，而由朝鲜半岛进口的井户茶碗[3]或刷毛纹样茶碗[4]、三岛茶碗[5]等更能打动茶人的心。

1　备前：日本古代的令制国之一。位于现在冈山县东南部及兵库县赤穗市的一部分（福浦）。

2　信乐：位于日本滋贺县。是日本六大古窑信乐、备前、丹波、越前、濑户、常滑之一。

3　井户茶碗：高丽茶碗的一种。淡黄釉。轳辘印明显。李氏朝鲜前期的陶瓷，室町时代以后受到茶人的喜爱。

4　刷毛纹样茶碗：陶器装饰方法。毛刷刷白土陶器胚出现的花纹，再上透明釉烧制的陶器。

5　三岛茶碗：高丽茶碗的一种。灰白胚刷白色，刻上花纹，挂透明釉，半瓷半陶。

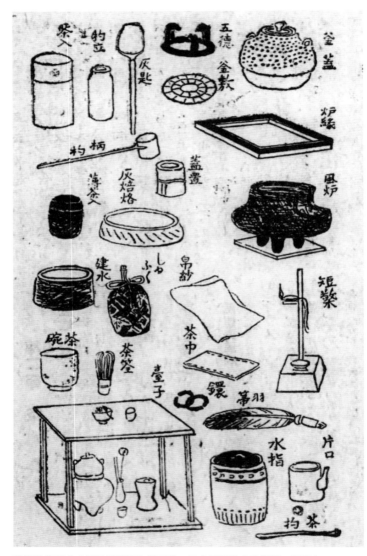

茶道具简图（《国民的顾问》第三卷，日本国民协会出版部，1918）

　　这些茶具就是从既有的器物里选择出适合茶道的物件，主要考验鉴别力。初期茶人的审美能力体现在发掘具有名物资格的茶具，不是创造新茶具。千利休起初也同样使用国产品、高丽物，后来逐渐脱离了以往茶人的想法，自己着手设计和制作适合茶道的器具。从以茶釜为首的金属工艺品到漆器制品都能看出千利休的想法，最大的功绩要数和乐长次郎（樂長次郎）协力创作的乐茶碗。

　　乐长次郎的经历并不明确，以前一般认为他是一位制瓦师傅。最早留有长次郎之名的作品是一个狮子瓦盖，上有"天正二年"（1574）、"长次郎造之"的铭文。而且这个瓦的胎土和釉药的性质与所谓长次郎的茶碗几乎一样。也许千利休觉得手感粗糙的瓦土和釉的感觉最适合体现侘茶之美。

　　大约从天正七年（1579）开始，茶会记中出现了"赤色之茶碗""边缘向外弯曲茶碗"这样的用词，让人联想起长次郎烧制的赤乐茶碗，形状是碗形，碗口外翻。天正十四年（1586）茶会记中又出现了一种标记为"宗易形"的茶碗，如同"今烧[1]茶碗"的统称，可以看

────────

1　今烧：指相对于历史上制品的现今烧制的陶瓷。在千利休的时代指信乐窑，到了庆长年间（1596—1615），茶入、黑茶碗、香盒等都被称为今烧。

1. 濑户唐津茶碗　2. 茶入（茶罐）　3. 黑釉釜　4. 藻挂芋头水指

井户茶碗

刷毛文样茶碗

黑茶碗

红绿釉茶碗

出新近在千利休指导下设计的茶碗受到珍重。这种茶碗应该是指半筒形，碗口内抱，蘸满黑色釉药的长次郎制作的黑乐茶碗。

乐茶碗的特征是不使用辘轳，全部手工制作，包括碗足部分全部施釉；还有就是根据茶人的需要烧制，数量极少。乐茶碗的设计别具心裁，颜色可分为红色和黑色两种，正如它追求"本来无一物"的境界一样，它的器型和釉色带给人静寂之感。换句话说，千利休就是想通过乐茶碗来表现自己的侘茶。可以说乐茶碗是为茶道创作出来的最初的茶碗。

丰臣秀吉晚年非常厌恶黑色的茶碗。细川三斋说，千利休与丰臣秀吉两人曾就黑色茶碗产生过分歧。虽然遭到了丰臣秀吉的否定，千利休之死却确立了乐茶碗在侘茶传统中的地位，直到今天，在千家流里一直被给予最高的评价。

2. 传饮

下面看一看千利休茶道点茶方式中一个特别引人注目的地方，那就是传饮。浓茶的传饮是一种非常不可思议的规矩。对于通常没有轮流饮用一碗茶习惯的日本人来说，应该难以接受与不相识的人共同使用一个碗。

在思考为什么要传饮一碗茶这个问题之前，先来看一下为什么人们会有抵触情绪。日本人尤其对于接触嘴的器皿有洁癖。日本人拿碗的时候总是尽量不让手指接触到碗口，把手指伸进碗里是一种没有规矩的做法。而直接接触嘴唇的器物，比如饭碗、汤碗、筷子、茶杯等都是个人专用的。以前无论哪个家庭，父亲的碗、母亲的碗都是固定的，即使在公司里，喝水的杯子也常是固定使用的，即使是父子兄弟也在嘴唇的世界贯彻着强烈的个人主义。

那么，强行进入他人的禁忌领域会怎么样呢？最初的反应虽然是拒绝，但一旦接受，那就意味着彼此不再是他人。换句话说，共有嘴唇的世界是消除隔阂、对立的人际关系的仪式。例如结婚仪式。缔结夫妻姻缘的"三三见九次"新郎新娘共有的交杯酒。新郎新娘在亲朋好友的保佑下当众喝下交杯酒有它的寓意。这种同饮一杯酒的习俗不仅在日本，全世界都广泛存在。

不管东西方，使用同一个器具共饮的礼仪都是用来缔结同盟或永结同心。这种礼仪可称为共同饮食。毋庸赘言，使用同一个器具饮食会将人和人牢固地联系在一起。世界各地都有这种习俗，尤其在对嘴唇的禁忌如此强烈的日本，将传饮浓茶纳入茶会是对共同饮食这一礼仪进行了最高度提炼的文化。

根据江户时代的茶书，是千利休制订了传饮礼仪。浓茶原先的点茶法非常复杂，一碗一碗点茶会花费太多的时间，因此，便将传饮简化。当时称逐碗点茶，为"各服分点"，与此相对，称传饮为"吸茶"。

"吸茶"一词在茶会记中最初见于天正十四年（1586），这已是千利休晚年了。从此开始便频繁出现在茶会记中。传饮也确实出现在了千利休的茶会上。在天正十六年九月四日的茶会上，茶会的主人公是受到丰臣秀吉严厉斥责的禅僧古溪宗陈（古溪宗陳）[1]。古溪是利休最信赖的禅僧，却被丰臣秀吉驱逐出了京都。千利休大胆地邀请古溪到丰臣秀吉眼皮子底下的聚乐第[2]内自己的宅邸，为他举行了送别茶会。而且壁龛上的挂轴是赫赫有名的生岛虚堂（生島虚堂）[3]的墨迹。关键是这幅生岛虚堂的墨迹并不是千利休所有，而是主君丰臣秀吉持有的名物。只是碰巧丰臣秀吉命令千利休修理裱装，才暂时存放在千利休手上而已。"对上要保守秘密"，也就是说在古溪的送别茶会上使用虚堂墨迹这

---

1 古溪宗陈（1532—1597）：大德寺117代住持，织田信长的菩提寺总见院开山，留下了不少作为千利休参禅师的逸闻。

2 聚乐第：丰臣秀吉在京都营造，政厅、官邸、城郭合一。1587年落成，之后给了养子丰臣秀次，1595年，以谋反的罪名秀次剖腹，次年聚乐第被彻底拆除，因此留下层层疑团。

3 生岛虚堂（1185—1269）：即虚堂智愚，宁波象山人，临济宗第40代，曾任十大名刹的住持，居高丽8年，培养了很多日本名僧，他的墨迹在日本茶道界备受珍重。

件事丰臣秀吉并不知晓。如果这件事泄露了，将会治千利休何罪我们不得而知，但是从中可以看出千利休的大胆。

茶会的正客是古溪的前辈春屋宗园（春屋宗園）[1]，次客古溪，末客为三井寺[2]的本觉坊[3]。茶会记说：利休在点茶时，对于正客的春屋，用茶勺舀了三勺抹茶，加入少量开水。这是浓茶的点茶方法。接下来舀了五勺抹茶，点了吸茶。五勺茶粉两个人饮用感觉有点少，但是作吸茶的话毋庸置疑就是传饮了。为了表示对正客春屋宗园的敬意，千利休采用各服分点的方式，而对次客以下则是用传饮。

从这段逸闻可以看出，千利休亲手确立了传饮这一点茶程式。但是逸话说千利休是为了节省时间而创造了这种点茶方式则令人难以置信。因为如上所述，传饮的目的不是为了节省时间，而是为了通过共饮同一碗茶来缔结联盟，深化感情。传饮是在千利休的时代得到普

1　春屋宗园（1529—1611）：大德寺111代住持，与三大宗匠关系密切，千宗旦的参禅师。

2　三井寺：即园城寺，位于日本滋贺县大津市别所，为日本天台宗寺门派之总本山，被认定为日本遗产。

3　本觉坊：本觉坊逞好，三井寺僧人，生卒年不详，千利休的弟子。《千利休：本觉坊遗文》是著名作家井上靖晚年的代表作。

及，通过千利休确立了这个点茶程式的。

看一下《松屋会记》永禄六年（1563）松永久秀[1]茶会可以发现，大家都在传饮。从这个例子看，传饮是从武士、民间的饮酒方法发展而来的。中世的民众在制定村民公约时要对神发誓，然后烧掉誓言书，把灰烬放到水中拌和，再依次传饮，正所谓一味同心。相同的喝酒仪式也不胜枚举。就是中世扎根于民众生活里的一味神水的规则被吸收进同样也是中世的人所创立的茶道当中，作为茶的礼仪而确立下来。那时，对于茶中是否有毒而感到不安的战国大名来说，主客同饮一碗茶也是再合适不过的选择。也许这就是在以下克上的浪潮中成长起来的武将松永久秀的茶会上出现传饮的大背景吧。

总之，由千利休确立的点茶程式未免太战国式了。然而这种点茶程式却在侘茶中被定型并传承至今。

1　松永久秀（1510—1577）：日本战国时期大和国大名。篡夺主家、谋杀将军、火烧东大寺等，一生有多次下克上的经历。

第八章 茶室的世界

一、茶室的演变

1. 茶室形成以前

现代和式住宅的建筑样式，有时被称为雅室式建筑（数寄屋造り）。雅室本来是指雅趣之室，也就是茶室的意思。战国时代末期，雅趣[1]一词被用来表示茶道，由此诞生了雅室的说法，早于茶室被用于指代茶道建筑。从雅室至今还用在和式住宅上这一点可以看出，茶道建筑的空间结构以及构思对日本的住宅建筑产生了巨大影响。

纵观茶室的形成过程，可以分为由日常居室发展而来的小间[2]和由书院式建筑的会所发展而来的广

1　雅趣：日语数寄是爱好的音译，进而转指醉心于风流、风雅、雅趣之意，甚至就是指茶道、花道等风流、风雅的艺道。

2　小间：四叠半以下的狭小茶室。

慈照寺的东求堂，是日本最早的书院风格建筑

间[1]两个系谱。

　　在完成于14世纪的《扫墨绘物语绘卷》中绘有保留着书院式建筑初期样式的宅邸。客厅里设置了铺着榻榻米的壁龛，客厅中间留出一小块围炉地，其余地方也都铺满了榻榻米，似乎放着茶具。这说明在书院式建筑形成之前，就已经产生了这种使用围炉饮茶的日常居室了。

1　广间：四叠半以上的茶室。

这种房间与招待客人的非日常空间不同，而是用于日常生活的日常空间。小间系谱的茶室就是由这种日常空间发展而来的。比如银阁寺[1]东求堂的同仁斋，与朝南面的持佛堂相对，北边四叠半的空间是起着书斋作用的日常起居房间。同样在足利义教营造的室町殿的泉殿会所里，西北角设置了四叠半大小的房间"赤漆之御床间"，可以想象也是一个带地炉的小间。

广间系谱的茶室是由非日常空间的会所发展而来的。书院式建筑中，南面并排的三个房间与北面并排的房间风格迥然不同。南面用于接待宾客，北面则是主人起居用的日常空间。南面中央被称为"九间"的房间是用于欣赏各种艺能或举行文艺活动的场所，其背后的北侧就设有四叠半大小的"北茶汤所"，可以从复原后的室町殿南向会所看到。根据这种房间的布局不难想象，同朋众在北茶汤所点茶后送到主君所在的正面的会所。就是说，点茶的场所和饮茶的场所是分开的。

1　银阁寺：位于京都市左京区的慈照寺的通称。第八代将军足利义政死后，按照遗言以山庄东山殿为寺院，作为早期书院建筑遗存的东求堂和观音殿非常宝贵，都是日本国宝，还有白沙堆积的庭院。观音殿曾有银箔的计划，因此被称为银阁。1994 年成为世界文化遗产。

2. 侘茶的茶室

茶道专用房间要等到武野绍鸥时期才出现。过去从同仁斋那样在书斋中布置围炉的房间，到书院和为饮茶而设置围炉的房间分别存在，看一下武野绍鸥的茶室可以发现，其正在向茶道专用的茶室发展。虽然出现了点茶、饮茶的专用茶室，但隔壁还是要准备一间设置了台板的书院作为非日常的客厅，依然保留了非日常空间与日常空间的组合。

由武野绍鸥率先建造的小间茶室是在借鉴中世草庵创意的基础上，简化书院装饰而发展起来的。《南方录》在考察草庵茶室的形成过程时，比较了村田珠光、武野绍鸥、千利休三个阶段，如前所述，村田珠光是在书院的墙壁上贴白色的鸟子纸，武野绍鸥则是去掉白色贴纸露出土墙。而武野绍鸥的弟子千利休虽然也是土墙但不做最后的润色，保留了墙壁的粗糙不平。待庵的墙壁就是最好的例子。如果将书院建筑这种正统派样式作为"真——楷书"的话，那么把它简化，向"草——草书"进一步自由地简化成彻底草体化的崭新样式，待庵就是其代表。

待庵是仅有二叠榻榻米的最小的茶室。在小间的基础上，进一步走向缩小空间的道路，朝着与侘人的日常行居坐卧相切合的最小空间发展。虽说茶室有二叠，

京都府的待庵（妙喜庵），是仅存的千利休设计之茶室

可是如果除去主人点茶的一叠，允许客人使用的就只剩下一叠大小了。茶室的缩小一旦达到这种地步，小间茶室反倒失去了日常性，变得增强了紧张感，茶室内的礼法也相应要求成为非日常的举止。主客的举手投足都受到限制，变成超越本来自由、日常的世界的特殊体验场所。这就是所谓"对平常人无用也"的千利休的侘茶。千利休时代之后，茶室再度呈现出扩大化的趋势，而且不只是茶室，还向将广间与锁间 [1] 连接起来使用的茶道发展。从 17 世纪初开始有人批评千利休极端小的茶室"似乎是折磨客人"。

　　茶室内部随着茶室的发展而变得复杂化。在武野绍鸥的茶室中，主客隔炉对坐。主人的点茶礼法受到客人的注目，同时客人的饮茶礼仪为主人所关注。这样一来，与具有较高艺能性的茶道相切合的茶室就形成了。然而，还要进一步弱化主人的存在感。无论现实生活中主人的身份地位多么高贵，都要以谦卑的姿态空间性地表现出来，展现侘茶的恬静简约之美。将主人所坐的榻榻米限定在半米，设计大小相当于一张榻榻米的四分之

1　锁间：连接小间茶室和书院的房间，在这里体验开放性的茶。据说是古田织部设计的。

三的台目叠[1]也是出于这种意图。同时，原本在主人座处的地炉改设到客人座位的旁边，在地炉和墙壁之间立一块小小的袖壁[2]，在地炉的一角立一根柱子——台目柱承连袖壁。用台目柱将主人的座位与客人隔开，主人的座位被包围了起来。试想，在屋内立柱子的做法真是一种需要下很大决心的空间改造方法，狭小的茶室构造变得更加复杂。连带着改进茶具，改进主客的举止动作。与壁纸、茶室窗户的创意相呼应，产生了各种各样的变化。织田有乐[3]晚年的如庵茶室是实现这些复杂创意的经典之作。

这种小间是从举行茶会时小间与广间连续使用的方法中演化而来的。就是在小间点茶，之后移步广间，举行开放的酒宴的方法。为此，连接小间与广间（书院）的房间——锁间流行起来。这是千利休之后出现的新倾向。

1　台目叠：茶室的榻榻米，除去安放台子和风炉前屏风后是普通榻榻米的约四分之三大小。

2　袖壁：一般是建筑物内向外突出的窄小墙壁，用来阻挡视线、防火、防音等。

3　织田有乐（1547—1622）：名长益，安土桃山、江户初期武将，织田信长的弟弟，信长死后仕于丰臣秀吉。面临大阪夏之战，隐居京都。利休七哲之一。有乐流茶道的始祖。

二、膝行口的形成

1. 膝行口的产生

在茶室这种独特的建筑模式形成过程中，产生了各种妙趣横生的创意，膝行口便是其中之一。下面就来思考一下膝行口的思想背景。

伴随着茶室建筑的形成，千利休设计了膝行口这一独特的茶室入口，几乎所有四叠半以下的小间均设膝行口。边长只有约 66 厘米的狭小入口由于出入不便无疑会受到众人的责难，但是正因为有了膝行口，小间这样的狭小茶室空间才获得了无限的可能。

关于膝行口的产生，《茶道四祖传书》[1]中有如下记载：

（千利休）在大阪枚方乘船，看到船的入口非常窄小，需要钻进钻出，觉得符合"侘寂"思

---

1 《茶道四祖传书》：后人命名，由千利休的《利休居士传书》、古田织部的《古织公传书》、细川三斋的《三斋公传书》和小堀远州的《甫公传书》组成，收录了奈良松屋家的历代家长从茶匠那里听来的逸闻以及茶匠的茶会记，所以也称《松屋笔记》。约在庆安末年（1652）成书。

想，非常有趣，便运用到小茶室的设计中，从此
诞生了茶室的膝行口。

河轮入口狭小，利休觉得人们不得不低下头出入
的样子正符合侘寂的风情，便运用到茶室中来。其实，
并不单单是因为人们的姿态符合侘寂的理念，在千利
休看来，薄薄的船板之下便是水底，船是人们的命运
共同体，由此形成吴越同舟[1]的精神世界。在利休的心
中，一旦进入茶室，便脱离了俗世的因缘，形成命运的
共同体。

对此，我认为，剧场入口才是发明膝行口的重要
启示。膝行口从产生到普及并没有经历多长时间。这是
因为类似结构的东西早已存在，所以安土桃山时代的
人轻而易举地接受了膝行口。近世初期的风俗画中所
描绘的剧场入口就像鼠门的别称所体现的，是狭小的
门，人们从这里钻进去，意味着将要进入不同于日常空
间的别样戏剧世界。鼠门是防止流入日常性的关隘。膝
行口以前又叫钻门，从极为狭小的门钻出来，很容易让

1　吴越同舟：中国先秦·孙武《孙子·九地》："夫吴人与越人相恶
也，当其同舟共济，遇风，其相救也，如左右手。"比喻团结互助，同
心协力，战胜困难，渡过难关。

人联想到一种仪式，这就是所谓的钻胎。穿过极小的洞穴，打开一个新世界的《老鼠的净土》或是"桃源乡"的故事就不用引用了，这是一种附加新的生命力，清净身心，获得新生的礼仪，是为了进入乌托邦的仪式。暗示着钻过去之后，对面是茶室或剧场等异质的空间。

2. 膝行口的起源

钻门与鼠门、钻胎具有相同的功能，但是还没说明膝行口的来源。若要了解膝行口的起源，还是要从探究在泥墙上打开狭小的出入口着手。出人意料的是在侘茶产生很早以前就出现了与膝行口——钻行有关的史料。在《碧山日录》[1] 宽正三年（1462）三月十二日的记录里，有一段接受茶的款待的记录：

> 十二日（丁未日），永安跟我说，他准备了丰盛的美酒佳肴请我吃饭。在我去永安家时，向前稍微走了一段路，看到一扇门，非常狭小，弯

1　《碧山日录》：室町时代，东福寺僧侣云泉太极的日记。东福寺内有被称为"碧山佳处"的草庵。

腰弓身才勉强进入。里面有一间小房子，使用了很好的木材建造而成。屋内四面墙壁都画着山水画，上面挂着牧溪的群鸟图，装饰品都是唐物。在这里喝了南宇治的茶。

说到 1462 年，正是书院茶道形成的时代，是侘茶之祖村田珠光还没有名声大振的时代。将这一时代的记录与一个世纪后才出现的膝行口联系起来，很可能被学界批评牵强附会。然而我想说的是，不能只将膝行口与侘茶相联系，在茶道艺能化时就已经产生了将外界与茶的世界之间建立分界线的想法。当时茶席的形式是《君台观左右帐记》那样唐物装饰的茶，那么最初必须弯腰弓身才能进入的狭小的门是什么样的呢？似乎是在茶庭的入口处建造的门，位于住宅内部。进一步讲，那是为了进入茶道的特殊空间而设置的钻门。如此说来，这扇门是在用栅栏或是什么东西围绕在茶庭四周的分界物上开了一个低矮狭小的钻门。可以说只在这里设置了能够阻挡进入的小门，而茶室本身似乎并没有什么特别之处。

也就是说，膝行口本不是茶室的独创，它来自为了将包括庭院在内的茶的空间和外面日常世界分隔开而建造的狭小钻门。穿过这个钻门，里面便应该是陆若汉

（João Rodrigues）[1] 在《日本教会史》[2] 中所描述的 "闹市中的山居"。虽然身在闹市，却能够让人领略深山幽谷的理想境界。

3. 茶庭中门（中潜り）

茶庭口并不是立即就成为茶室的钻门。正如在它的形成过程中所表现出来的那样，经历了几种造型的演变。其中的一种是进入茶庭口，在茶庭的中央有茶庭中门[3] 的界口，就像是开有茶室膝行口的一堵墙，孤零零地伫立在那里一样。今天的不审庵表千家茶庭上膝行口

1　陆若汉（1561—1633）：葡萄牙人，耶稣会传教士，也是翻译和通商代理。在日本传教 33 年，得到丰臣秀吉、德川家康等人的信任和重用，在受到嫉妒和陷害后被驱逐到中国，在澳门生活了 22 年，他与徐光启、李之藻等建立了密切的关系，还被选入援明远征队，帮助明朝廷抗击后金。在中日与欧洲的文化、经济交流中扮演了重要角色，尤其在日本与欧洲的语言文化传播方面著述颇丰。

2　《日本教会史》：陆若汉著，分上下两部三卷。第一卷最为宏大，共 35 个章节，收入了日本诸岛的位置、年代、国名、岛屿数、面积、地方行政区、领国、国的划分、著名的山川湖泊、气候和物产等内容，其中也涉及中国的礼仪、信仰、习俗、思想等诸多内容。第二卷有 16 个章节，阐述了日本的文字、艺术、技术、天文地理以及占星术等各类事情。第三卷是最受重视的部分，翔实记载了日本教会史。

3　茶庭中门：在茶室的庭院里，位于外茶庭和内茶庭之间的门。

就是作为中潜门而设置的。《宗湛日记》[1] 天正十五年六
月十九日的茶会是丰臣秀吉成功征服九州，与利休等人
在博多饮茶的记录，里面有一个信息值得关注：

> 丁亥六月十九日朝，在箱崎[2] 御阵所，关
> 白大人御会事，宗湛、宗室两人，御雅室三叠
> 数。茶室铺设三叠草席，无缘的拉门两张，打
> 开拉门，有六尺长的台板。此茶庭之入，外有
> 钻入小门，进入后，有飞石，箱松之下有涤
> 尘池。

就是说相当于不审庵茶庭中门的小门在丰臣秀吉
时代就已经存在了。说到天正十五年，已是千利休的晚
年，膝行口很可能已经创制出来了。虽然不能依据这段
记载断言庭园中门就是膝行口的前身，但是在茶庭的入
口处设置了一个狭小的钻门，因为说是从这个入口"爬

1　《宗湛日记》：安土桃山时代的茶会记。四大茶会记之一。自天正
十四年（1586）十月二十八日神屋宗湛从博多到京都拜访津田宗及开
始，到庆长十八年（1613）十二月九日黑田如水拜访宗湛，前后27年
的茶会记。不仅记载了丰臣秀吉、千利休等人的茶会，也是唯一详细
记载黄金茶室的史料。

2　箱崎：位于今福冈市东区。

表千家 不審庵

里千家祖庭 今日庵

入"，可见是一个必须弯曲身体，两手着地，钻着通过的入口。但是狭小的钻门仅此一处，钻过去之后就会看到地面上铺设的飞石，松树下有涤尘池，打开没有边缘的两张拉门后就进入了茶室。

接下来茶庭中设立的小门不断被拉近茶室，最终成为茶室设有房檐的泥地房间的一部分。大德寺真珠庵的金森宗和[1]青睐的茶室庭玉轩虽说是后来建成的，但是它反映了膝行口形成过程的一个片段，是一种古老的膝行口。

庭玉轩的膝行口从外观上看与一般的膝行口相同，然而穿过膝行口就会发现内部是泥地房间，铺设了飞石，虽然空间狭小但是也安放了涤尘池，基本上是内茶庭的世界。有意思的是，最重要的茶室入口设置了两扇无边缘的拉门，与天正十五年丰臣秀吉的茶席极为相似。钻门——膝行口只要设置一处即可，曾经设置在茶庭中央的中潜门被拉到茶室的旁边，当茶庭中门的墙壁和茶室之间的上面覆盖着从茶室上方延伸出来的屋檐，庭玉轩的茶室就形成了。距离如此近的钻门再被茶室的

1　金森宗和（1584—1657）：名重近，江户初期的茶的宗匠，宗和流的始祖，从父亲高山城主可重学茶，优美的茶风受到公家的喜爱，与侘宗旦相对应，被称为姬宗和。

墙壁吸收已经不是什么难事了。

4. 通向神圣空间的入口

那么，膝行口的形成过程到底意味着什么呢？膝行口显然是为了拒绝人们进入而设立的。而且这个入口开始时是作为与茶有关的庭院、建筑物等所有空间的入口，后来不断后退，最终仅仅附属于茶室。虽说膝行口在不断后退，但并不意味着茶庭入口与茶庭中门就此消失了。在侘茶这一独特艺术发展的过程中，茶道祖师们在不断思考如何使茶室成为密闭空间。最初包括茶庭在内都是神圣空间，设计使用两重茶庭之后在茶庭中间再设置一扇中门或叫作茶庭中门，设置了茶庭入口与中门两层界口，只有通过弯腰弓身才能进入的最为严格的入口最后设在了茶室上。客人清净身心，越过界口，紧张感随着步伐而加强最终到达茶室。这与其说是令人心生欢喜的空间，倒不如说是神圣的空间更合适。那么茶室的内部结构是怎样的呢？正如古语的"围"所表现的那样，茶的空间是通过剪切、围绕开放的空间而制造封闭的空间。尤其是膝行口这种特殊的入口，毫无疑问它限定了茶室内部的面积大小，多为四叠半以下的狭小空间。这种狭小而且封闭的房间的特殊性就在于强烈制约了茶室内人们的行动。人们的举止被程式化，通过精练的对话与动作经历某种紧张与精神的昂扬。

　千利休将日常生活空间改造成为特殊的文化创造的空间，把日常生活升华为生活文化。

第九章　桂离宫与宽永文化

一、宽永文化论

1. 宽永文化时代

17世纪初的文化被称作宽永文化。作为不同于16世纪的桃山文化和17世纪末诞生的元禄文化的独特文化，使用主要的宽永[1]年号命名。

庆长三年（1598）丰臣秀吉去世象征着桃山文化的终结。庆安四年（1651）德川家光[2]去世，宽永文化开始发生变化，逐渐成为走向元禄文化的标志。延宝八年（1680），修学院离宫的创建者后水尾院逝世，宽永文化也走向终结。因此，从广义上讲，自1600年前后

1　宽永：1624—1643年，天皇是后水尾天皇、明正天皇、后光明天皇，江户幕府的将军是德川家光。

2　德川家光（1604—1651）：江户幕府第3代将军，1623—1651年在职。建立了完整的制度，为幕府政治奠定了基础。镇压基督教，强化了锁国政策。

至 1670 年的七十来年即为宽永文化时代。然而从狭义上，也可以把自大阪之战德川氏统一天下，古田织部[1]剖腹而死的元和元年（1615）到家光去世，国政由武断政治向文治转变的庆安 (1648—1651)、明历 (1655—1657) 年间的约四十年视为宽永文化时代。

庆长年间 (1596—1614)，以下克上的精神还没有彻底消除。然而在现实生活中，无法通过以下克上实现抱负的年轻人沉湎于颓废的生活。倾圮[2]（カブキ）是当时很流行的一个词语，本意是不可救药的颓废的精神和习俗。这时成为在强化近世秩序的约束中，想逃离管束的叛逆者喜好的审美意识。倾圮的风俗在茶道中的表现就是织部陶瓷极端扭曲变形的茶碗。

所谓元和偃武，是指将年号改为元和[3]，停止战争

1　古田织部（1544—1615）：安土桃山时代武将、茶人，从千利休学茶，曾向德川第 2 代将军秀忠及各大名传授茶道。大阪夏之阵时，以私通丰臣家的罪名剖腹。织部陶瓷以黑、浓绿、红等多彩的色感，异国风味的几何学造型，自由奔放的图案，扭曲得别出心裁的形态，一个器物上使用多种黏土的技法等著称。古田织部的造型艺术与过去朴素的黄濑户、志野陶瓷的装饰风格相比，有飞跃性发展。

2　倾圮：カブキ是日语标新立异、与众不同的装束的意义的动词倾く的连用形，作为名词，无论是在内心世界，还是在表现方式上，都类似美国的嬉皮士。与江户文化的产物歌舞伎的发音一样。

3　元和：后水尾天皇的年号，1615—1624 年。德川秀忠、德川家关时任江户幕府将军。

的意思。从此开始，持续了二百多年的和平。面对新的时代，幕府接连推出了一系列政策。元和元年出台的《禁中并公家诸法度》在法律上约束了谁都无可奈何的天皇，具有划时代的意义。当时，继后阳成天皇[1]登基的后水尾天皇[2]和他身边的贵族为此深感不悦，事实上幕府与朝廷之间形成了微妙的对立关系。尤其是元和六年（1620），第二代将军德川秀忠强行将女儿德川和子作为后水尾天皇的女官送入皇宫，将朝廷与幕府之间的对立公开化了。

宽永六年（1629），幕府依据紫衣法度对于受天皇敕命允许穿紫衣的僧侣实行统一管理。在幕府看来，这是将宗教界纳入统治之下的政策之一，但是事情的结果却是数十位僧侣被剥夺了紫衣，否定了天皇的诏命。对于幕府的所作所为，后水尾天皇以突然禅让表示抗议，这使得朝廷与幕府之间的对立达到了顶点。但是从之后事态的发展来看，天皇禅让后，朝廷与幕府的矛盾迅速

1　后阳成天皇（1571—1617）：正亲町天皇方仁庶长孙，父亲诚仁亲王病逝，接任第107代日本天皇，1586—1611年在位。

2　后水尾天皇（1596—1680）：后阳成天皇三子，在德川家康的干预下成为第108代天皇，1611—1629年在位。皇后是德川家康的孙女和子。1629年，突然让位给7岁的次女，是为明正天皇，自己成为太上皇，称后水尾院。喜爱诗歌，御制和歌多达千首。

缓和下来。以后水尾上皇为中心，宽永文化迎来了丰富绚烂的繁荣期。

宽永文化的繁荣带来近世社会重新重视天皇、贵族文化，也流露出对于复古的王朝文化的憧憬。虽然朝廷与幕府之间表面上依然对立，但是被强行送入宫内的德川和子（后来的东福门院）很快就完全融入了宫廷社会，在朝廷和幕府之间发挥了重要的润滑作用。在幕府的帮助下，宫廷贵族的经济基础得以稳定，生活更加富足。由此，朝廷文化在内容上和外部环境方面都已具备了勃兴的条件。

2. 沙龙文化

宽永文化的中心是朝廷文化，而武士、町人[1]、僧侣、文人等各种身份和职业的人也参与进来。在这里用"沙龙"一词指代这种文化产生的场所，后水尾院的仙洞御所[2]就有当时极有影响力的沙龙之一。下一章再详细论述后水尾院与池坊专好（池坊専好）等人一起通过"立花会"密切交流。其实在武士中间举行沙龙式的

1　町人：江户时代的一种社会阶层，即城市居民。他们主要是商人，部分是工匠，从事工业等方面的工作。

2　仙洞御所：指太上皇的住所兼政厅。神仙是中国自古以来的信仰，仙人远离尘世，隐居深山，是理想的人类的象征。

文化交流的也为数不少。担任京都所司代[1]的板仓重宗
（板倉重宗）[2] 所举行的茶会就是很好的例证。《松屋会
记》中记录了庆安二年（1649）四月三日的茶会。

> 卯月三日朝
>
> 板仓周防殿
>
> 又二按察使、检校之孙宗湛、三竹弟子、上
> 林味卜[3]、久重[4]、批发商之子长谷川十兵卫，六
> 人，在起居室相伴。
>
> 壁龛里，青一重筒白八重杜鹃花，青二重筒
> 千代藤花。
>
> 仙洞大人，此二色花卉，今朝所赐，筒之
> 下，有垫。
>
> 又旁边二间床上，大舟上爱宕的空木，砂
> 物、铜花瓶、笼、手桶种种，芍药共，种种花，
> 永井信浓殿下所赐。

1　京都所司代：江户时代负责京都警备、政务的官职。

2　板仓重宗（1586—1657）：继父亲板仓胜重担任京都所司代 35 年，
以严正的仲裁著称。从古田织部学茶。

3　上林味卜：上林家是宇治著名茶商。

4　久重：松屋久重（1566—1652），奈良茶人、富商，继久好之后为
松屋主人。撰写了从庆长九年（1604）到庆安三年（1650）的他茶会记，
与松屋久政、松屋久好的茶会记合编为《松屋会记》。

将军钟爱的茶五种，茶堂味卜，初饮防州，二味卜，三按察使，四久重，一服大人自研茶，又茶二种防州亲自点。

将军所赐之茶，吟味由味卜承担。后断定此乃防州之茶。首先喝了防州茶。于是说把它给鹭绘，就这样给我们茶喝。切记，切记，不能随便对待。

仙洞大人御赐的花，将军大人心仪之茶，旁边是信浓殿下的花，这样的活动即便是京都、奈良也罕见。久重云，诚然不胜感激。

根据这个记载，茶会的主人是担任京都所司代的大名板仓周防守（周防在今山口县东部）重宗，客人是奈良的町众、宇治的茶商等庶民。茶会开始，壁龛里装饰着仙洞御所也就是后水尾院御赐的藤花和杜鹃花，两侧则是与幕府关系密切的大名永井尚政（永井尚政）[1]（淀城主）赠送的大量的花。所点的茶是德川家光将军专用的特别的茶。而且板仓重宗为了这天的茶会，亲自用石臼磨茶。参加茶会的人员用一只茶碗传饮。为此，板仓重宗自豪地评价其"举世无双"也不足

1　永井尚政：江户时代前期的大名，茶人。下总国古河藩（现茨城县古河市）第2代藩主、山城国淀藩（现京都市伏见区淀本町）初代藩主。德川秀忠近侍三臣之一。

为怪。这种超越身份和地位的自由的人与人之间的交流是宽永文化的基础。

沙龙文化主要是以茶会、立花会、香会、和歌、连歌会等各种集会为契机展开，将很多人聚集起来。在聚会上，人们专注于让人欢愉的创意，至于千利休所追求的严厉的中世精神性早已被忘到九霄云外。以茶会为例，为了让更多的人开心，喜欢展示面面俱到的综合性的美。接下来看一下代表宽永文化的小堀远州的茶会。

小堀远州（小堀遠州）是俸禄一万两千石的大名，跟随古田织部学习茶道，是第三代将军德川家光的茶道老师，在建筑、庭园设计方面也显示出独特的才能。下面是远州晚年举办的一次茶会的记录，非常难懂，先引用如下：

（正保二年，1645）　　　　　板仓周防守殿

十月十一日之朝

釜口厚　　　　　　　　　　永井信浓守殿

瓢的三角形炭盒

一　床之内　挂物　　　　　曾我丹波守殿

国师横物四喝

一　棚下　　香盒贝五叶　　石川土佐守殿

羽帚大鸟　　　　　　　　　小浜民部殿

中立

一　挂物卷　花入铜垂耳弥　水仙入

一　水指　　高取烧

一　茶入　　凡　水指置合

一　茶碗　　濑户弥兵卫

一　建水

锁间　釜

南一　床之内　三幅一对　雪舟　团扇　桌六角　上有四方香炉青地

一　错落橱架

上　陶渊明之图的卷物　轴台

中　六角香盒莳绘

下　多重印笼菱形　贝

东一　书院　《伊势物语》藤原为家　莳绘的砚箱雉子

北一　床之内　挂物　泽庵和尚自绘自赞　石菖　乘朱缘雕桌上

北一　书院　砚季洞　笔贝　笔架青地　墨砚屏贝　卷物定家　轴台青贝

一　西之错落橱架　上　香盒堆朱　乘盆上下　染付九香炉　乘青贝之九盆上　壶盖

一　水指棚　青贝四方　水指唐铜丸　堆朱之盆上　唐物柿茶入

　　远州首先在小间悬挂大德寺禅僧春屋宗园的墨迹，品味千利休风格的侘茶。也可以说，这里是桃山文化特色的茶的世界。再将目光转到锁间。在小间内喝完浓茶的客人移步至锁间，吃一些点心。锁间里装饰着中国舶来的陶渊明画、青瓷香炉等唐绘与唐物。这里是东山文化的象征。客人经过锁间来到书院的广间。广间展示宫廷文化，从藤原定家到藤原为家的《伊势物语》等宫廷和歌文艺的世界展现在客人面前。如果把唐绘、唐物的世界看作是东山文化的话，这里便是更为古老而传统的平安时代的王朝文化。远州的茶会对近世的桃山文化、中世的东山文化、古代的王朝文化做了综合性的展示。宽永文化的特质就是追求从板仓重宗的茶会中看到的那种超越身份、注重人与人之间交流的沙龙文化的启蒙性，以及从远洲的茶会上体现出来的文化的综合性。

3. 奇丽的茶道

　　文化的综合性并不只是简单的罗列。那么，作为综合文化轴心的宽永文化的审美意识究竟是什么呢？回想一下桃山时代千利休钟爱的乐茶碗，内收的内向碗形，以去掉一切装饰的红色或黑色的素胎为特征。千利休的弟子古田织部则喜欢歪歪扭扭、打破传统样式的碗形。织部奔放的构思恰好反映了倾圮时代的审美意识。

然而，到了宽永时代的远州，他在茶道中增添了明快、优美而洗练的成分。不均衡的险怪之美消失了，转而呈现出一种匀称齐整的形式与华贵的创意，同时代的金森宗和指导的野野村仁清（野々村仁清）[1]的瓷器作品也具有这种倾向。当然，这一时期千利休的孙子千宗旦把千利休风格的侘茶发展到了极致。然而即使是千宗旦的作品，也可以让人感觉到其绚丽与华贵之处。后来人们用下面这首狂歌来表现当时茶人的喜好。

古田织部是理念，奇丽精致是小堀远州，公主的最爱是金森宗和，几乎遍遍的彻底的孤寂是千宗旦。

人们对小堀远州冠以"奇丽"一词，说起小堀远州的审美意识，浮现在脑海里的也是这个词。同时，这个词语也是表现宽永文化的情趣和爱好最贴切的词语。"奇丽"包含了很多意思：一是华美的装饰和略显烦琐而细腻的构思，二是清晰的轮廓和明快的色彩，三是为古今与东西艺术增添色彩的象征性。这些要素综合起来就是宽永文化的审美观，接下来，我们就去探寻它在桂

1　野野村仁清：江户时代前期陶工，名清右卫门，在京都御室的仁和寺前建窑烧制陶瓷，风格优雅，尤其擅长应用漆器莳绘的审美诉求烧制的彩色陶瓷，是京都陶瓷的集大成者。

离宫中的具体表现。

二、桂离宫与它的创作者

1. 桂离宫的营造过程

桂离宫的创作者八条宫智仁亲王是后阳成天皇的弟弟，天正七年（1579）出生。智仁亲王十岁时，丰臣秀吉还没有儿子，便收智仁亲王为养子。然而极具讽刺性的是，第二年淀君[1]生了儿子鹤松，亲王又回到皇族，与此同时创立了新的八条宫家，智仁亲王便是第一代。智仁亲王在庆长五年（1600）22 岁时，接受细川幽斋（细川幽斋）[2]的古今传授[3]，并被拟定为阳成天皇

1　淀君（1567—1615）：丰臣秀吉的侧室，名茶茶，父浅井长政最后与织田信长对抗，失败自裁。母织田信长的妹妹织田市，再嫁织田信长第一武将柴田胜家。本能寺之变后败于丰臣秀吉，夫妻双双自刃。茶茶成为丰臣秀吉的爱妾，住淀城（今京都市伏见区淀本町），生长子鹤松、次子秀赖。大阪夏阵时自刃。

2　细川幽斋（1534—1610）：初仕第 13 代将军足利义辉，义辉死后在织田信长的协助下拥立第 15 代将军足利义昭，义昭与信长对立后成为信长的大名，之后又被丰臣秀吉、德川家康所重用，奠定了近世大名肥后细川家的基础。也是近世歌学的集大成者，经常出席茶会，与千利休关系密切。

3　古今传授：《古今和歌集》中的词句作为秘密传授。

的后继者，无论在文化上还是政治上他都是杰出人物。

八条宫家的每一处领地都有三千石的俸禄，但在地域上相对分散，不过最后将分散的领地全部集中到了山城国[1]。翻看元和三年（1617）的知行目录可知，当时的领地大致集中在现今的桂离宫以及桂川对岸的村落附近。桂川一带自平安时代以来就作为皇家、贵族的游览胜地经常出现在诗歌中，尤其是藤原道长（藤原道長）[2]在桂[3]一带修建山庄，周边的景色和物产都为人所熟悉。翻看智仁亲王的年谱，元和二年（1616）一条写着"川胜寺瓜见，桂川逍遥"，还有"皇妃行幸川胜寺桂"的记载。从中可知品尝桂川的特产瓜果以及河上泛舟是八条宫家夏季的例行活动。同时可以说至少在这一时期桂一带已经建造了适合接待皇室女眷行幸的建筑。

元和六年（1620）的记载中出现了"桂的神乐茶屋"，可知已经设置了增添旅行快乐的茶屋。也就是说在元和年间的中后期，桂已出现了智仁亲王亲手打造

1　山城国：属于五畿，位于现在京都府东南部。

2　藤原道长（966—1028）：平安中期贵族，四个女儿中产生了三个皇后、一个东宫妃，道长历任内览、摄政、太政大臣，权倾朝野，荣极一时。晚年出家，营造法成寺。

3　桂：京都市西京区桂川西岸的地名，桂离宫在此。

的桂离宫的原型。不能确定桂离宫建造完成的准确时间，但是宽永元年（1624）的《鹿苑日录》记录了禅僧昕叔显卓接受八条宫家邀请到桂离宫时的见闻：庭院中筑有假山，挖了水池。池中有舟、有桥、有亭，眺望四方，乃天下绝景。这一时期的桂离宫应该处于完成了今天以古书院为中心的第一次营造的阶段。

宽永六年（1629），智仁亲王辞世。倾注了智仁亲王的和汉学识、浓郁贵族文化气息的桂离宫由于失去了主人而荒废。桂离宫再次作为八条宫家的行宫着手建造是在第二代八条宫智忠亲王时期。智忠亲王像他的父亲一样也是一位才华横溢的青年。宽永十七年（1641），智忠亲王迎娶前田利常[1]的女儿富姬（富姬），不仅今出川的宅邸在前田家的援助下得以改建，桂离宫行宫的扩建也得到了前田家的支持。在一封写给智忠亲王的信中讲到茶会之礼，其中高度评价了扩建桂离宫一事，桂离宫的扩建按照智忠亲王的设计圆满完成。

智忠亲王所扩建的部分就是今日桂离宫的中书院。也就是说在建造古书院与中书院之间间隔了二十年的时间。那么，桂离宫最左端的新御殿是何时兴建

1　前田利常（1594—1658）：江户前期大名，金泽藩三代当主，娶德川幕府第2代将军德川秀忠的次女为妻，在大阪的两次战役中立下战功。

的呢？昭和五十七年（1982）进行大规模修复时，从新御殿隔扇的裱糊纸中发现了万治三年（1660）的文书。考虑到万治三年的文书作为废旧纸张裱糊在隔扇中，再将时间向后推迟一两年，就是说在宽文元年（1661）或是宽文二年第三次建设时建造了新御殿。

关于建造新御殿的理由可以关注宽文三年的后水尾院巡幸一事。新御殿可能是作为后水尾院的巡幸御所而修建的，它与中书院的建造时间也相隔了二十年。

2. 桂离宫之美

无论是江户时代还是明治时代，都公认桂离宫是日本的著名建筑。昭和八年（1933），德国建筑师布鲁诺·陶特（Bruno Taut）[1] 来日，他评价桂离宫在日本建筑中是"永恒性的建筑"。在当时的日本建筑界，对于倡导欧洲近代主义建筑理念的日本建筑师来说，布鲁

---

1 布鲁诺·陶特（1880—1938）：德国建筑家，城市规划师，1933 年为逃避纳粹迫害逃到了日本，没有稳定的工作，自然不可能留下建筑成果。1936 年陶特接受土耳其的邀请，受到土耳其总统穆斯塔法·凯末尔·阿塔图尔克的高度信任，担任教育部建筑局首席专家，留下了安卡拉大学文学院等教育机构的建筑和阿塔图尔克祭坛等实体业绩。但是去世后所有的个人资料都运到了日本。陶特对包括日本在内的世界再认识桂离宫发挥了决定性作用。

桂离宫

桂离宫茶室

锈画水仙茶碗（野野村仁清作品）

诺·陶特是坐标性人物。日本的建筑界企图在吸收西洋建筑风格的同时，与传统建筑样式相折中，于是逐渐走向历史的形式主义。与这种倾向产生尖锐对立的正是标榜现代主义建筑风格的新兴建筑师。他们立足于陶特对桂离宫的评价，主张现代主义的功能性与非装饰性。也就是说，并不是如同普遍认为的布鲁诺·陶特发现了桂离宫之美，而是对于现代建筑来说桂离宫体现了美的规范。

对于桂离宫之美的评价，近年来主要有以下几种说法：被直线切割的简约的空间美随处可见；呈雁形走向的由纤细的柱子支撑的回廊；展现几何学之美的石板路。这种去除了无用装饰的结构之美所象征的前卫摩登之感是评价桂离宫时的基本视角。正如美国现代建筑师密斯·凡·德·罗（Ludwig Mies van der Rohe）[1] 提出的建筑理论口号"少即是多"那样，竭尽全力省去无用之物便会获得更加丰富的美，从中也可以体味到现代主义的建筑理念。

　　然而，这十几年来，日本建筑界又开始摆脱现代主义，再次注重建筑所拥有的创意性、娱乐性以及象征性。伴随着这一转变，人们对桂离宫的评价也发生了变化。桂离宫绝不是无装饰、彻底贯彻简素之美的建筑，而是作为装饰性异常丰富、复杂的美丽建筑而被重新认识。毫无疑问，桂离宫丰富的创意随处可见，特别是新御殿甚至表现出装饰过剩的倾向。因此，过去对桂离宫的古书院给予很高的评价，而对于新御殿则不怎么看重。其实，无论是古书院还是新御殿，抑或是庭院中散在的茶屋，如果关注细节就能发现那些叹为观止的丰富创意。

1　密斯·凡·德·罗（1886—1969）：德国建筑师，亦是最著名的现代主义建筑大师之一。在第一次世界大战之后，密斯完全放弃了传统建筑风格手法，改用了柯比意与格罗佩斯大力推动的新建筑观念（先锋派）。在传统建筑上常见的严谨的装饰花纹、局部的修饰都被拿掉，改为以功能为主、带有强烈理性风格的现代建筑手法。

　　桂离宫建成之初，人们经常用"奇丽"一词来形容它的美。比如，有一封信这样描写桂离宫的建筑，"展现了它罕见的奇丽与优美"，注意到美丽的房间充满了丰富的创意。具体来说，在松琴亭、古书院中看到的精湛的唐纸设计，每间房间里妙趣横生的隔扇拉手和掩盖钉帽的装饰片，以及以桂棚为象征的陈列之物的珍奇性。这些都一览无余地显示出桂离宫贯穿了宽永的审美意识。

　　奇丽一词也会让人们联想到茶人小堀远州的审美意识，而远州与桂离宫也并不是没有关联。虽然今天否定了小堀远州设计了桂离宫的说法，但不能否认小堀远州与八条宫家关系密切。较之评判小堀远州对桂离宫是否有影响，更为重要的是桂离宫内含了小堀远州所象征的宽永文化审美意识，即奇丽，对这个时代的生活文化给予了极大的影响。除了小堀远州以外，还有金森宗和、野野村仁清。仁清所作的锈画水仙图茶碗[1]酷似桂离宫钉帽掩盖的装饰片，这一点绝非偶然。

1　锈画水仙图茶碗：野野村仁清制作的锈画茶碗中的代表作，作为与仁清关系密切的金森宗和好物收藏在天宁寺，还留下宗和的信件。碗壁收紧，口部稍微内敛的独特器形。底座高台收小，高台内明显削挖，左面按上仁清的小印。除了高台周边，全部挂上柔和的白浊色釉，釉下有水仙图，使用锈绘或白绘。

桂离宫充分展现了宽永文化所具有的综合性。它广泛影响了从幕府所象征的武士文化和草庵茶所代表的町众文化，最后作为代表时代脉搏的生活文化遗产留给了我们。

第十章　两代池坊专好与立花的形成

1. 桃山时代的插花艺术

室町时代，以客厅装饰系统的文阿弥为首的立花得到巨大发展，各个流派都得以传承。桃山时代，初代池坊专好吸收各派风格，将立花的传统汇合为一，创造出适合桃山时代出现的城郭等庞大建筑空间的大立花。下面借助山根有三（山根有三）氏的研究说明从初代专好到二代专好的传承，以及形成立花的意义。

丰臣秀吉于文禄三年（1594）行幸前田宅邸时，池坊作为插花名人在会所的大型台板上插花（《文禄三年前田邸御成记》《续群书类丛》）。在前田宅邸会所三之间[1] 面积达到四间的大台板上，四幅一组的猿猴绘画前摆放了一只六尺长（约 2 米）、三尺（约 1 米）宽

1　三之间：将军、大名宅邸里女官的房间。

的大平钵，池坊在上面插了所谓的"砂物"[1]。通过真（主枝）的大青松横向舒展的松枝远远望去，宛如画中二十只猴子坐在松树上。有记载说"传说这是初代池坊的作品"，超大型的作品，再加上很好地将绘画与插花融为一体，因此得到很高评价。其实室町时代的客厅装饰在悬挂四幅一组的绘画时，都会在画与画之间放置三个花瓶插花，然而即使流行"砂物"这样的大型作品，也不是为了装饰台板。桃山时代大城郭建筑繁荣，由于出现了面积达到四间的大型台板，作为与之相适应的崭新尝试，不再并排放置几个小花瓶，而是使用一只巨大水盘，选用"砂物"作装饰。只是，这种"砂物"并没有放置在上段间，而是装饰于客厅侧面的三之间内，这就是桃山时代的新风格。

　　为迎接丰臣秀吉御驾光临而插花的池坊是初代专好。下面这则史料有助于我们了解初代专好。庆长四年（1599）九月十六日，在洛东（京都鸭川以东地区）大云院[2]落成庆典的供养上，住持圣誉贞安（聖誉貞安）

1　砂物：插花模式的一种。横向延伸插花的形式，从在错落橱架下层插花的形式发展而来。用砂子、小石子在砂钵里固定根部。

2　大云院：位于京都市东山区的净土宗单立寺院，天正十五年（1587），正亲町天皇敕命圣誉贞安在二条御池御所建造织田信长、信忠的菩提寺。之后丰臣秀吉把它移到寺町通，昭和四十八年（1973）移到现在的京都市下京区。

16 世纪为前田勋爵的住所制作的大型砂物（复原品）

举行百瓶花会。（月溪圣澄 [1]《百瓶花序》，《续群书类丛》）圣誉贞安是在与法华宗展开宗论时比较活跃的一位净土宗僧侣，在大云院落成庆典的供养仪式上邀请池坊专好法印举行百瓶花会，针对普通民众展览观赏，可以说这是一种全新的策划。然而令人遗憾的是，东福寺月溪圣澄（月渓聖澄）所作的《百瓶花序》中只记载了序文和百位提供瓶花者的姓名，百瓶插花的绘画没有流传下来。百位插花者中，大概有 88 位僧侣，其余的是

1　月溪圣澄（1536—1615）：近江立入城主立入宗长的儿子，临济宗僧侣。

在俗的武士和町人。

　　大约从初代专好去世的元和七年（1621）开始，二代专好正式活跃起来。二代专好创立了不同于以前的"立花"的新"立花"[1]，可以说二代专好是插花史上不可或缺的重要人物。后水尾院举办的沙龙活动为二代专好（以下仅称专好）具有划时代意义的创作活动营造了背景条件。

　　在禅让前后沙龙的各种玩赏中，后水尾院尤其喜爱插花。

　　记录近卫予乐院[2]言行的《槐记》[3]在享保十三年（1728）二月四日条中说：

　　　　后水尾院非常热衷立花装饰，宫中举行的大立花会盛况空前。以天皇为首，各公卿贵族也都挑选擅长立花之人，从紫宸殿到庭上南门，均设置

1　立花：日语立花有"tatebana"和"rikka"两种读法，"rikka"的读法有立花和立华两种写法，本来华也是花的意思。池坊专好集立华之大成。本书用立华专指专好系统的插花。

2　近卫予乐院（1667—1736）：指近卫家熙，江户时代中期的公卿，历任摄政、关白、太政大臣，出家后号予乐院。爱好学问，精通典故制度，擅长茶道、插花、焚香、书画。

3　《槐记》：江户时代的随笔。侍医山科道安在享保九年（1724）到享保二十年（1735）之间记载近卫家熙的言行。有很多关于茶道的内容。

举办北野茶会的北野天满宫

临时房间，无论出家之人还是町人百姓，凡是擅长立花之人均可插花，其作品摆成一排。这是继秀吉的北野大茶会之后的又一盛事，场面极其壮观。专好使用樱花一色进行立花创作也是从此时开始。

到了百年之后，后水尾院的宫中大立花会成为宫中逸闻。特别耐人寻味的是，在予乐院近卫家熙的评论中，他注意到宫中的大立花会是超越身份制度的沙龙，可以与具有下克上文化特点的秀吉的北野大茶会相匹敌这一特点。以往的宫中立花会并不邀请僧人和庶民参加，因此也就感受不到北野大茶会那样的爆发式能量。通过上面的记载可以看出，后水尾院的沙龙活动并没有禁锢于近世社会的身份制度中。同时，对大茶会的执着与疯狂的大茶会的流行相表里，后人在大立花会中也能感受到。事实上，当时的大立花会已被笼罩在可以称之为立花狂的热情之下。

仅从当时的记录和绘画中便可得知，在宽永六年（1629）一月到七月的约半年时间里，宫中大立花会就举行了三十次以上，尤其是一月和二月最为集中。立花会的核心地点就是后水尾院和池坊专好。

看一下贵族土御门泰重（土御門泰重）[1] 日记对一月十三日立花会的记载：这天天气更加温暖晴朗。接到传召的泰重进宫参见后水尾院时，池坊专好也已经受诏前来。后水尾院命池坊给诸位的立花作品评定第一、第二的名次。专好首先判定后水尾天皇（因后水尾院在同年十一月让位，故此时应称天皇）的作品为第一，四辻大纳言季继[2] 为第二，第三是关白近卫信寻（近衞信尋）[3]，

1 御门泰重（1586—1661）：江户时代前期公卿，阴阳家。

2 四辻大纳言季继（1581—1639）：江户时代前期公卿，官至权大纳言二位。

3 近卫信寻（1599—1649）：江户时代前期公卿、僧人，后阳成天皇四子，与叔叔、桂离宫建造者八条宫智仁亲王关系特别密切，最后任关白，1645 年出家，号应山。随古田织部学茶。

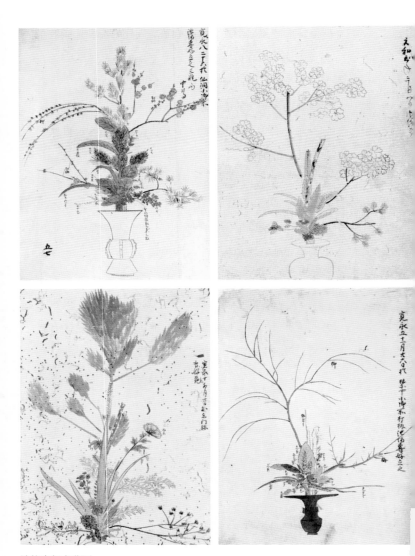

池坊专好立花图

第四是妙法院尧然法亲王[1]，园头中将、高仓三位、劝修寺三人并列第五，第六是秀目（秀目疑为非藏人秀朔之误），排在第七位的是日野中纳言光庆[2]……最终决出了所有人的名次。后水尾天皇的第一名暂且不说，第二位四辻季继（四辻季继）的插花战胜关白、法亲王（均为天皇的皇弟）名列前茅，说明池坊是在非常自由的氛围下评价插花的。这种需要评出名次的立花被称为评分立花。

　　一月二十二日也举行了评分立花，三月的四日和五日也接连举行了这种评分立花活动。在五日的立花会上"池坊侍奉公卿，评点立花"，说明当日打分者是专好，而专好没有出现在四日的立花会上。三月四日的大立花会有十六人参加，五月十二日则有三十人，七月七日是有四十九人参加的大立花会。后来成为传说的宫中大立花会就是指这种从宽永六年开始的夏季立花会吧。

2. 专好的评判

　　专好评判插花的具体情况如何呢？那就看一下日

1　尧然法亲王（1602—1661）：江户时代前期皇族、僧人，后阳成天皇六子，1616 年得度，号尧然。擅长书法、绘画、插花、香道、茶道（石州流）。

2　日野中纳言光庆（？—1630）：日野资胜之子。

野资胜（日野資勝）[1]日记中宽永九年（1632）正月二十三日记载的仙洞立花会吧。资胜拜谒仙洞时，已经开始插花，不久就全部完成了。首先是后水尾院的作品：

> 仙洞插花一瓶，梅真、副竹，右前有枇杷叶五枚，前置黄杨，有二重，里有花，多用主枝[2]。

接着是池坊专好的立花，得到高度赞扬：

> 池坊只使用松枝一种插为直真，附有苔，前置之下左右插着手指粗细的枝条，巧妙得令人瞠目结舌。
>
> 另一瓶为桧柏的真。

插花结束后用餐，饭后，后水尾院向专好征求评判意见。于是专好就以弟子西池主膳等的作品为例做了如下评论：

> 主膳：花的正真之右并立梅花主枝。是同意

1　日野资胜（1577—1639）：江户时代前期公卿。

2　主枝：日文称ズハイ枝，长势好的梅树枝，围绕着主枝修剪，用主枝插花梅花可以顺利开放。

也。向后，又向前者皆苦也。法恩院：不把花拘束于筒，如松垮的腰带般难看。西方寺：花向右中的红梅枝密集。向左的流枝也很密集。视觉效果变坏，梅枝也变得难看。

二代专好初次进入皇宫大致是在宽永元年（1624）。七月七日，三瓶以七夕为题材的立花作品摆放在成人冠礼仪式上，其中"砂物"是池坊所作，受到"奇丽清凉"的好评。（《泰重卿记》）可能池坊的弟子西池主膳的主君是曼殊院宫尧然法亲王，专好与法亲王也有来往。这可能与专好在宽永元年进宫仕奉有直接关系。

专好确立了在宫中的地位之后，他的插花技艺便更加令人折服。正如前面几次花会上所看到的那样，在后水尾院的沙龙上，只有后水尾院和专好两人有资格评判打分，人们都认为专好的插花作品是最好的学习样本。立花在完成作品的那一瞬间，花儿便开始凋萎，花瓣也开始零落。俗话说得好，花卉就是时间的赏玩，严格地说，生命就是在那短暂的一瞬间燃烧殆尽。要记住花儿那短暂的美好，留存给后世，就只有用笔把它最美好的瞬间画下来。就这样到了二代专好，大量的立花作品以立花图的形式保留了下来。这也是立花发展成为一种独立的鉴赏作品的佐证。因为立花图只描绘了花卉本身，所以对于背景的室礼一概没有表现。立花图中的立

池坊流　生花（译者关剑平作品）

池坊流　自由花（译者关剑平作品）

花已经超越其作为室礼组成部分的性质，作为独立的作品而存在。

　　据山根有三氏的整理，保存至今的二代专好的立花图有 14 部，共 257 幅。其中特别著名的曼殊院所藏的立花图及图帖共计 136 幅，阳明文库所藏立花图卷92 幅，池坊家藏立花图 92 幅，还有东京国立博物馆藏立花图屏风 36 幅。

3. 专好立花的特色

通过这些立花图可以看出专好立花作品的特色。山根有三氏总结说：

第一，在专好的作品图中，找不到一幅装饰错落橱架或窗前文案的"草之立花"。只有放在错落橱架下面的作品，花器逐渐由浅水盘（马盥）、饭钵向底更平、口更宽的花器转变，所用的花被称作"大花"，归为"行之花"一类，只有在桃山时代由初代专好发展起来的"砂物"样式，虽然数量不多但是有作品存在（在专好的插花样式中属于"草"的形式）。

第二，专好的作品是"真的立花"。"三具足的花"一个都没有。不过在佛前或者正式的壁龛装饰里使用"三瓶"，在中间的花瓶内插直立的"真"（主枝）的立花，真的直立型作品虽然数量很少但是可以看到（在专好插花样式中属于"真"的形式）。

第三，因此专好的立花以"行之立花"（包括"砂物"之类的作品）为主，可以认为是从"常之花"发展而来，但是在花瓶与花的高度的比例要求上差别比较大。虽然花瓶的高度几乎都是 30 厘米左右，没有什么变化，但是花的高度相对于室町时代"立花"是"花瓶的一倍半"，专好的立花达到"瓶高的两倍甚至三倍"（专好喜欢使用敞口铜制花瓶）。这种差别为复杂的造型提供了可能性。

此外，山根氏进一步指出：

那么，专好的立花与之前的"立花"在样式上有哪些不同特征呢？进而，为什么能够形成新式"立花"呢？

出于叙述上的方便，先思考后一个问题。当然，还是应该把初代专好传授下来的技术、取向，二代专好的才能、宽永的时代环境等因素考虑进来，然而在此要特别指出，作为最为重要的一个原因是，专好指导的以后水尾天皇为中心的宫廷立花会。宫廷立花会既不是作为客厅装饰而观赏的"花"，也不是单纯作为仪式活动而聚集起来的"瓶花"。朝廷贵族为热心学习专好的立花而精心准备，就是想插一瓶花与别人一决胜负。在专好看来，华丽的皇宫，甚至是在紫宸殿里，不可能有台板、壁龛，只是在铺设木板的地面上放置桌子或是小台子，再将花瓶一字排开放在上面。由于没有必要与背景的挂轴一体化，独立的花瓶上的花枝的构图就成了唯一重要的问题。在这样的宫廷立花会上，专好进一步将先祖专应的理想——利用花瓶上的"小水尺树"来表现"江山数程之胜概"——向前推进了一步，通过"花枝的自律性结构"，实现"自然与艺术融为一体"的宏伟的新型立花（立华）。

宽永十四年（1637），后水尾院任命二代专好为法桥[1]，统领僧尼。然而，这似乎也意味着宽永大立花生命的终结，在这之后，皇宫、仙洞的立花时尚悄然而止。但是，这并不意味着立花本身的衰落，因为町人的立花开始盛行。因此，立花在宫廷的衰落其实意味着后水尾院沙龙的变质。在沙龙将宫廷内部的贵族社会与外部的庶民、町人分隔开来的同时，沙龙内部人们的思想意识也走向分裂。凤林和尚嘲笑相国寺圆通阁上的立花："因是町人所作，所以如此丑陋。可笑可笑。"这大约是在专好被授予法桥十年之后的事。曾与庶民同席，相互切磋技艺的沙龙的土壤终于不复存在，市井庶民与庙堂贵族之间形成了难以逾越的鸿沟。

1　法桥：为法桥上人位的略称。是日本僧位的一种，授律师之职，负责统领僧尼。

第十一章　町人文化与游艺

一、町人与游艺

1. 游艺的世界

　　江户时代，在生活文化勃然兴起的同时，町人社会也得到长足发展。17—18世纪，幕藩体制[1]下的商品流通空前繁荣，导致新兴的町人阶层取代中世时期的町众，作为新的都市文化的主人登上了历史舞台。他们的文化生活丰富多彩，从艺能方面来看，值得关注的是游艺。

　　游艺一词出现在江户时代，指把艺能当作兴趣消

1　幕藩体制：17世纪德川家康建立了由幕府和藩国共同统治的封建制度。在幕藩体制下，将军是日本的最高统治者，幕府是国家最高的政权机关。幕府统治藩国，各藩的统治者大名效忠于幕府，幕府对他们实行交替参觐制度。大名在自己的领地上拥有行政、司法、军事和税收等权力，有很大的独立性。

江户时代町人文化之歌舞伎

遣的娱乐活动。中世时期的艺能是由专业艺人进行表演，人们作为观众在台下观看。而到了江户时代，富裕的町人平时跟随职业艺人学习艺能，他们作为业余爱好也登台表演。这种艺能的消遣方式就称为游艺。游艺使艺能失去曾经的神圣性质，完全变成了一种消遣，这也成为游艺的特质。

井原西鹤（井原西鶴）[1]的町人小说比较全面地描绘了元禄时代凭借机智聪明和勤俭努力而发迹成为巨商

1　井原西鹤（1642—1693）：江户时代前期的现实主义市民文学作家、俳人。向西山宗因学俳谐，著有《好色一代男》等作品。

的元禄町人的世界。书中刻画的人物都是身怀各种游艺技能的町人。如表 2 所示，出现在《日本永代藏》中的男子跟随平野仲庵学习书道，跟随金森宗和修习茶道，诗文师从于深草元政。后面还列举了各种艺能，就连女伎、男伎、滑稽都被列入其中，小说记录了相应项目有名师傅的名字。类似的记述在《日本永代藏》中还有一处，《西鹤织留》中也可以看到。其中还提到口上 [1]，正如书中所说"长口上滔滔（善于辞令）"那样，有专门的问候方法等训练。滔滔不绝地说出一长串的问候话是町人的教养，也是一种艺能。西鹤所列举的各种艺能当然是一个虚构的世界，现实生活中并没有这样的人物。但是町人在某种意义上作为教养需要学习各类艺能，哪项艺能的著名师匠是谁这样的信息充斥在町人之间当是事实。看一下当时的地方志可以发现，有一卷一览表专门记载这类信息，说到儒者，哪里有私塾；说到茶道，哪条街上有哪位老师。町人就跟随这些老师学习艺能。

值得注意的是，这时出现了师匠这一专门教授艺能的职业。回想一下，千利休的职业并不是教授茶道的师匠，而是堺的水产批发商。千利休凭借其非凡的才能

1　口上：歌舞伎等表演时，演员等在舞台上问候观众，致开场白等。

千利休书法

被尊为茶堂，只是通过千利休个人的才能而获得的。但是到了江户时代，茶道变成了一种职业。比如千家，一方面作为茶堂仕于大名，获得俸禄，而另一方面成为教授普通人茶道的职业茶人（师匠）。也就是说，一个门外汉跟随这样的师匠习艺是形成游艺的重要因素。

　　精通各种艺能对于町人来说也是一种危险的享乐。西鹤所刻画的喜欢游艺的町人中，就有因迷恋艺能而倾家荡产的例子。相反，也有没落的町人因艺能而时来运转的例子。这说明游艺既是一种实用的教养，同时又是危险的游戏，具有两面性。

千利休竹花瓶

表 2　町人诸艺

诸艺	日本永代藏卷二	西鹤织留卷一	日本永代藏卷六
书道	平野仲庵		还能写诉状
茶道	金森宗和	金森的一传	利休的谱系
诗文	深草元政		
连俳	西山宗因	西山宗因	本流派的方法
能	小畠了达	四座的直传	记住三百五十出
鼓	生田与右卫门		
论语	伊藤仁斋	宇都宫遯庵	
蹴鞠	飞鸟井家	进退自如	进退自如
围棋	寺井玄斋	让二子	称二子
筝	八桥检校	叶山检校（兼琵琶）	
一节切[1]	中村宗三		
净琉璃	宇治嘉太夫	宇治嘉太夫	山本角太夫
踊	大和屋甚兵卫		
游女	太夫高桥		
野郎	铃木平八		
连歌		里村家	
立花		池坊	
扬弓		今井一中	相当于金书
香道		山口圆休	没有进京学习

1　一节切：尺八的一种。长约 34 厘米，粗约 3 厘米的竹制竖笛，有一个竹节。室町中期从中国传到日本，流行于桃山时代、江户初期，江户末期衰落。

（续表）

诸艺	日本永代藏卷二	西鹤织留卷一	日本永代藏卷六
有职 [1]		师事能者	
小歌 [2]		祝弥四郎	本手的名人
滑稽	两色里的太鼓持	愿西弥七	愿西弥七
		鹦鹉吉兵卫	
曲艺 [3]			都内传
口上			难以言表

注：第一列是作品中人物学习的各种艺能，师匠的姓名以及比肩的名
人、达到的水平按照作品分别排列于后。

2. 立花的普及

如表所示，立花的师匠是池坊，插花是诸游艺的
代表项目之一。在描绘当时风俗的《艺能尽图》中就绘
有町人与僧侣在屋内快乐插花的情景。在向町人社会普
及的过程中，插花作为形式性文化形成了。

为了让更多的人同时学会欣赏插花艺术，较之有
创意的花型设计，更需要教授只要按照标准插花就可以
得到很美的作品的速成方法。从宽文到元禄年间，图

1　有职：典章制度，这里指学习、掌握典章制度。

2　小歌：室町时代开始流行的民间短小的歌谣，拍手打拍子或一节切
尺八伴奏。

3　曲艺：把戏。平常人做不到的小技巧。

解插花类的书籍大量出版就是为了向世人展示花型的样本。比如《六角堂池坊家元及门弟立花砂之物图》（宽文十三年，1673）、《立花初心抄》（延宝三年，1675）、《古今立花大全》（天和三年，1683）、《立华时势妆》（贞享四年，1688）、《立华训蒙图汇》（元禄九年，1696）等都是代表性的插花书籍。值得注意的是，它们不是只有一本的抄本，而是数以百计甚至数以千计的大量印刷木刻版。这标志着立花的大流行，也说明了插花艺术从狭小的秘传世界中迅速解放出来，并不断走向游艺化。新兴的町人阶层成为新门徒，集合在家元之下。从延宝年间开始记录的《池坊门弟帐》便可得知，强化传统艺能社会的家元制度也正是从这一时期开始形成的。

二、抛入花的流行

1. 茶花与抛入花

立花的流行又推动了样式的推陈出新，促成抛入花的流行。工藤昌伸（工藤昌伸）氏曾在《日本的生活文化史》一书中做了简明扼要的总结。

元禄时代前后，在立花盛行的同时，伴随着茶道在町人中间的流行，茶道中的插花"抛入花"

作为日常性插花开始在他们的生活空间中成为日益重要的存在。

不过大阪富裕的町人的茶正如其名"豪福茶"所表现出来的那样，并不是侘茶，所使用的茶具也极尽奢华，精心罗列别具心裁的舶来品茶具。元禄年间《茶汤评林》中的抛入花图中的玻璃釉[1]唐人杯、南京青瓷[2]等，反映了对于新近进口的茶具也充满了好奇。

室町时代形成的仪式性插花、客厅装饰花"立花"，最终作为独立的艺术作品发展成鉴赏用的"立华"，被视为俗世之花，区别于"立花"所特有的神圣性。不过，被定位为草之花的"抛入花"通过千利休茶道而被升华，形成"茶道的抛入花"，由此确立了今天所谓"茶花"的地位。

在元禄时代茶道盛行时，"茶道的抛入花"不仅用于茶席之上，也插在小书院、雅室茶室内的壁龛中供鉴赏，有时"抛入花"也在举行仪式时用来装点客厅的壁龛。与立华一样，规模不

---

1 玻璃釉：在松灰里加入少量长石成为可以烧制出青绿色陶瓷的釉。
2 南京青瓷：对于从明代后期到清代前期生产的中国青瓷的总称。通过中国、葡萄牙、荷兰商船，在桃山、江户时代进口了大量陶瓷，以龙泉青瓷为主。

大，而且也没有什么技术难度的"抛入花"不仅进入日常生活空间，而且逐渐与立华的流行形成相反的趋势，受到世人的极力推崇。

2.《抛入花传书》

抛入花其实在元禄以前就与立华同时存在，并相互竞争。贞享元年（1684）立华师就以抛入花为题出版了《抛入花传书》。对于茶道插花的流行，书中写道"抛入花本略立花物也"，说没什么形式要求、自由的抛入花也有规则。而说简化立华就是"抛入花"是想保持立华的优越性与神圣性。后来，人们觉得没有标准很难装饰会场，由此开始为抛入花也制定了规则。

然而有意思的是，在《抛入花传书》出版 70 年后，宽延三年（1750）刊行的《本朝瓶史、抛入岸之波》中说，"立花亦自抛入花出也"，提出完全相反的说法。这是立花与抛入花之间的论争之一。

本来抛入花是形式自由的插花，展现花木本身所具有的特点，不损害花材特质才是抛入花的精神所在。结果就是，人们对作为花材的花木的观察变得更为细致入微，与追求实证性的本草类书籍类似。从插花的角度看，插花造诣颇深的贵族予乐院近卫家熙绘制的《花木临摹图》如同今天的植物标本图，将花木准确地描绘了出来。

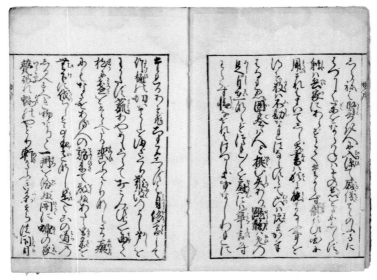

《抛入花传书》内文

　　总之，抛入花最终也变得追求造型，固定为一种
类型了。

三、游艺的扩大与批判

1. 理论化与大众化

　　从 18 世纪中叶到 19 世纪，游艺社会不断扩大。
18 世纪中期，茶道界表千家第七代传承人如心斋天然宗左针对越来越多的茶道弟子，创制了名为"七事式"的集团性茶道修习方式。另外，为了使家元成为一种制度固定下来，他还在同族内斡旋协调，为适应时代变化而对茶道进行了改革。

插花也援用阴阳五行学说与儒学建设插花理论，巩固基础，以保持其在民众中的地位。工藤昌伸氏在《日本生活文化史》中做了如下论述：

> 在宽政十二年（1800）吉尾泰雅的《青山御流活花手引种》一书中，虽然名称有所不同，但已经明确指出由心、载、相三个主枝决定花型。心则天，载顺地形，相兼带五行表现人，后来逐渐发展成用天、地、人三才赋予花型意义。
>
> 到了临近化政期[1]的享和元年（1801），正风远州流[2]的贞松斋米一马撰写了《插花衣之香口传抄》。把抛入花作为其源头的远州流首先定下

1　化政期：文化（1804—1818）、文政（1818—1831）时期的简称，化政文化以颓废、享乐为象征，自由的庶民文化高度发展，被称为"泰平盛事"的同时，经济、社会矛盾逐渐激化，事实上进入江户幕府的衰退期。

2　远洲流：插花流派之一。宝历、明和（1751—1772）年间由春秋轩一叶创立，以天地人的主枝为基本构造，整体上形成不等边三角形，一枝贴近水面，花枝有力、弯曲为特征。

了初段的花型由天、地两支构成的规则，然后三段、五段、七段、九段的花型主枝增多。作为基本花型的"三段花型"被解释为天枝、地枝和人枝。这说明天、地、人三才的花型在此时已经成为插花诸流派共通的规则了。

这种建立在儒教世界观基础之上的天地人三才与阴阳五行说理论，对于从宽政年间开始的化政期的插花，从强化伦理意义的角度，承认了作为修养性技艺的插花爱好，于是越来越多的人把它作为女子应该拥有的一种美德。

但是，从当时的插花各流派宗匠的名单上看，绝大多数插花师匠是男性，女性师匠的数量不到男性的 5%。因此在修习人中女性数量虽然增加了，但是形成流派的师匠的主体还是男性，在这样的流派构造中形成了家元制度。

即便是室町时期的秘传书也认为插花的性质之一是"能够与上流社会交往"。在幕藩体制严苛的身份制度[1]下，不仅是插花，各种艺道在社会中都具有获得超越现实的崭新社会地位的意义。

1　身份制度：是江户时代在职业分工基础上形成的凝固化的社会组织制度，俗称"士农工商"。各身份之间界限十分严格，不得逾越。

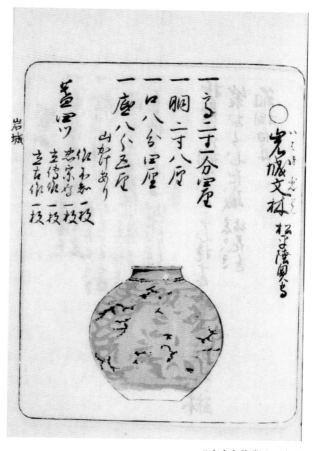

《古今名物类聚》内文

2. 花型的形成

进入 19 世纪，插花进一步定型化，形成花型规范。其中未生斋一甫的三角形（鳞形）花型最受注目。它将花收入由圆形的内切正方形分割而成的两个三角形中，这种规范对现代插花也产生了很大影响，是最具合理性而且明确的花型。

19 世纪形成了这些规范花型以及为了掌握其相关技艺的稽古而构成的游艺，同时也产生了强烈的排斥之风。在中国新风潮的影响下，出现了日本式的"文人"，相对于拘泥于传统的日本味儿，时髦的汉风分裂了游艺世界。在茶道中，以清雅为号召，煎茶在文人中流行起来，与此同时也诞生了志在反庸俗的文人花。

在茶道界，大名们展开了新的茶具研究，出云藩主松平不昧撰写了 18 册的《古今名物类聚》，实证性地分类研究茶具；彦根城主井伊直弼（井伊直弼）等人批判现有的茶道，追求彻底的侘茶。无论是在茶道界还是在花道界，传统与革新处于胶着状态，在徘徊中进入了明治维新。

第十二章　饮食文化的系谱

一、本膳料理

1. 从大飨料理到本膳料理

人们常说日本菜要用眼睛来品尝。那是因为日本菜不仅仅能满足食欲，还有追求装盘方式以及食器细腻的美的特点。然而纵观历史，这种特点的日本菜到江户时代才真正形成。

可以说，日本菜的历史就是盛大宴会菜的历史。若要追溯其历史进程，源头应是平安时代的贵族盛宴"大飨宴"，在一张很大的桌子上摆放数十种菜肴，这是一种大陆色彩非常浓郁的宴会形式。然而那只是特例，一般的宴会采用给每个人准备一张食案——膳的形式。从镰仓时代到室町时代，武士盛宴发展成为比拼食案数量的本膳料理。

室町时代是确立日本菜原型的时代，尤其是对于被后世称为"本膳料理"的武士宴会饮食形式的形成非常重要。本膳料理是指将本膳置于中央，配以二膳、三膳，根据需要可以达到七膳的豪华饮食。本膳料理的前后有"式三献"的仪式，之后还附设酒宴，酒宴根据需要可能巡杯多达十七次，是一种非常复杂的形式。

2. 厨师的活动

在菜肴的发展中，不能忽视制作菜肴的厨师的存在。《古今著闻集》等民间故事集中有不少名厨逸事。室町时代在厨师专业化的同时，在武士和贵族中也出现了以擅长烹饪自诩的名人。这些名人的技艺还发展成为供客人观赏的艺能——厨刀仪式（式庖丁），这种仪式性的刀功表演用来接待有身份的客人。

下面这则安土桃山时代的史料虽说晚了一点，但是很好地说明了这个特征。陆若汉在《日本教会史》一书中列举了作为日本贵族艺能的七种艺和十种能，在十种能中就有刀功。陆若汉认为，所谓能就是指"从贵族和武士的习惯来看，高官、武士贵族以及朝廷贵族把它视为荣誉，加以重视、践行"的东西，其中某些能作为仕于将军的世袭职务而备受尊敬。排在第三位的能就是刀功，"切割食物分配，是他们高贵而日常的工作"。刀功甚至被认为是武士贵族的修养。

狂言《鲈庖丁》讲述的就是叔叔纸上谈兵请侄子

吃饭的故事。

　　叔叔："我会对你说，'喂，如果鲈鱼洗好了，就快点拿过来'。鱼要冲洗干净，再准备好纹路清晰的砧板、备前[1]厨刀、新木筷和一张纸，按规矩必须由两个年轻人端过来。到时候我会对你说，'好，可以切啦'。但是你要说，'好久没看叔叔的刀功表演啦，请让我们见识见识吧'。"

　　侄子："原来如此，那我就这样说。"

　　叔叔："这样一来，我就趁着你的捧场，很自然地来到砧板前。拿起筷子和刀，先把白纸切成三段，两小张放在桌子上，用剩下的那一小张吸干砧板上的水，接下来迅速在鲈鱼上切三刀。第一刀切鱼头，第二刀切鱼的半边，把鱼头立在砧板上，再将鱼肉切成三段，或煮或拌……"

　　刀功是让人自豪的艺能，而且随着乐于观看这种表演的观众的出现，其形式日趋完备，形成了一种复杂的礼仪。

1　备前：旧国名，大半在冈山县东南部，一小部分在兵库县赤穗市。

3. 形式化的饮食

高桥家曾在朝廷内膳房工作，是非常著名的宫廷贵族烹饪世家。相对于高桥家的新兴烹饪流派"四条流"是在室町时代形成的。而武士贵族在室町时代也出现了大草家、进士家等烹饪世家。不久，武士的大草、贵族的四条便成了中世烹饪的代表。室町时代的古代烹饪书《大草家料理书》《四条流庖丁书》等的出现就反映了烹饪流派的形成。在烹饪世家的传承之中，生间流的小西氏将厨刀仪式保留至今。

令武士和贵族自豪的艺能刀功，后来被固定成为严格的烹饪礼法，在僵硬的食礼的制约下进一步形式化，走上与无比繁琐的本膳料理相同的形式化发展道路。本膳料理起初作为扎根于生活的饮食而诞生，随着在非日常的宴会饮食的道路上不断发展，成为排场豪华而又形式化的饮食。

时至今日，作为日本菜正式的食案组合，本膳料理承担起标志正统性的职能。而另一方面，由庖丁道各流派形成的礼仪性、观赏性的烹饪传统被柜台烹饪的日式烹饪所继承，在今天世界范围内掀起的日本饮食热中，说到日本饮食就让人关注厨师的刀功。

二、暖心的菜肴

1. 茶宴的诞生

欧洲传教士所看到的安土桃山时代的宴会有四种。第一种"被称为三个食案的宴会（三膳）。因为确实有三张正式的食案也就是餐盘放在每位客人的面前"。第二种是"五个食案即五膳的宴会"。第三种是"最为庄重，更加严肃的宴会，每个人的面前要摆放七张食案（七膳）。这本来是身份极为高贵的人士的用餐方式，在招待与他们同样尊贵的客人时才会采用这种宴会形式，以表示对客人的优待及尊重之情"。第四种是"独具当代风情的宴会"。（陆若汉《日本教会史》）

前三种宴会形式毋庸赘言，指七、五、三的本膳料理。其配膳方式等极其复杂，例如七膳料理中，七张食案上，有的摆放七种菜肴，有的摆放五种菜肴，有的摆放三种菜肴，排放起来，还有仅汤类就有七种的例子。

然而，按照陆若汉的说法，最近，也就是16世纪后期织田信长、丰臣秀吉的时代，宴会发生了重大变化，这种新的宴会形式与茶的宴会（茶会）同时诞生。

第四种宴会从信长与秀吉的时代开始举行，现在普及至全国，是具有当代风情的宴会形式。

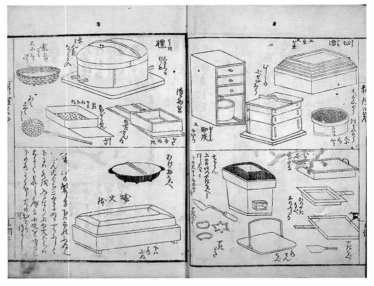

《料理早指南》（醍醐山人，1801）内页

就是说，从这个时代以后，各方面都发生了很大
改变。抛弃多余、繁琐的东西，在改变陈旧习惯
的同时，宴会甚至日常用餐都得到很大的改善。

那么，改善饮食究竟是怎么一回事呢？"说到饮
食，那就是抛弃仅仅用于装饰、为了好看而做出的菜以
及冷菜，取而代之的是热气腾腾、充分烹饪的菜肴，在
适当的时候上桌，就像他们的茶道一样，成为在本质上
内容丰富的东西。"这就是新出现的茶道饮食怀石的真

正价值所在。换言之，本膳料理中菜肴的数量多到根本吃不完，而怀石是可以全部吃完的饮食。其次，趁热上菜，形成刚出锅的菜立刻上桌的新上菜方式。这是新式饮食的关键。

正如陆若汉所说，这种新式的饮食与茶道一起发展而来。现代茶道中使用的"怀石"二字，其实本来是"会席"一词。但是，在茶道饮食中，正如禅僧修行时为了耐住饥饿想象怀抱一个温暖的石头一样，从"仅仅能够抵御饥饿的简单饮食"这一点出发，选用了怀中的石头即"怀石"这个"会席"的同音词。这是元禄时代以后的事情了。

2. 茶道饮食的变迁

茶道饮食并不是一开始就是后来的怀石风格。如前所述，怀石是到了室町时代后期才兴起新的茶风。例如不再使用从中国进口的名器，而用日本自己制造的新道具取而代之；相对中规中矩的书院式建筑，转用稻草屋那样极具乡土气息的房子；相对七、五、三的本膳料理，转用一汤三菜的粗茶淡饭。就是在完全照搬结构正式的严肃茶会的同时，其形式却完全"简化变形"了，这便是"侘茶"的主张。

大致于 16 世纪初出现的新茶风在历经百年的漫长

岁月后才逐渐形成。因此，侘茶的饮食否定本膳料理也历经了漫长而曲折的道路。翻看 16 世纪中期成书的《长歌茶汤物语》可以发现，尽管点茶程式、茶会形式与后来的茶道几乎相同，但饮食却绝非怀石。进入茶室的年轻人随手抓鱼、鸡吃，用筷子搅乱精美装盘的菜肴。甚至满嘴骨头，倒握着筷子手舞足蹈，大口喝酒。虽说这是斥责茶会上各种丑态的长歌，这样的姿态也未免太夸张了。但是，与怀石相比，从侧面反映了在千利休以前的茶道中更接近于酒宴的菜肴。

3. 品味人生的生活性的一汤三菜

　　到了武野绍鸥和他的弟子千利休这二位宗匠的时代，侘茶彻底脱离了那种杂乱无章的茶会形式，饮食方面也有了明确的主张。绍鸥提出了"会席饮食应与茶道相适宜，采用一汤三菜的形式"（《绍鸥门弟法度》）。但是，这种一汤三菜绝非粗糙随意意义上的一汤三菜，而应该是更值得玩味地用餐的生活性的一汤三菜。

　　所谓生活性或许换作现代性更为恰当。我个人用生活性来形容怀石，因为诸如季节感、人内心的情趣要用饮食的形式来表现。《茶话指月集》中记录了千利休的一则轶事。

森口有一位侘茶人，千利休知道后，约好去喝茶。有一年冬天，在从大阪进京的途中，顺道拜访了这位侘茶人。深夜到达后，主人热情出迎。千利休进去后，觉得其住处充满侘意，非常中意。不久感觉有什么人在小窗之外，看了一下发现主人手持挂着灯笼的竹竿出来，在柚子树下放下手中的灯笼，用竹竿打下两个柚子又进去了。原来打下柚子是为了做一道菜，感觉侘意的款待非常有趣。上来一道豆沙一样的柚子味噌，酒一巡之后，说明自己来自大阪，主人又上了鱼糕。主人昨晚就知道了千利休来访的消息，准备了酒肴款待，可是这时却装作接待意外来客。这般故作姿态令千利休心灰意冷，因此酒才喝到一半，就以京都有事为借口告辞，不管主人如何挽留还是走了。所以，所谓侘，即便是仓促之间的准备，不适合的东西也不必勉为其难。

这段轶事与其说是记录美食，不如说是记述客人和主人之间的交流方式。怀石主张菜肴与其奢侈、煞费功夫，倒不如表现主人的待客之心。日本饮食的传统是在茶道之中改革本膳料理从而诞生怀石的新类型。

那么怀石究竟是什么样子的呢？先来看一下千利休的茶会记（《利休百会记》）中的怀石。

（天正十八年·1590 年）

九月二十一日晚　大人辉元[1]　药院[2]　宗及[3]

（怀石：）　烤鲑鱼　蔬菜汤　脍[4]　米饭

引物[5]：酒浸鱼　胧豆腐[6]

点心：烤麸　烤�を榧子　炒栗子

（茶道具：）濑户水指　药师堂天目碗　茶罐

宽底

　　汤为蔬菜味噌汤，烤的菜肴是烤鲑鱼，凉菜是脍。文中的"引"不是每人一份的装盘，而是把菜盛在一个大器皿中，依次夹取。根据史料可以看出，酒浸鱼和胧豆腐要依次夹取。把它看作一道菜还是两道菜仍是

1　辉元：即毛利辉元（1553—1625），安土桃山时代武将，开始时与织田信长对抗，受到丰臣秀吉的攻击。本能寺之变后成为丰臣秀吉五大老之一。关原之战被推举为西军主帅，虽然没有积极参与，仍被德川家康减少封地。

2　药院：即施药院全宗（1526—1600），战国、安土桃山时代的名医，《医心方》作者丹波康赖 20 世孙。少年丧父在比叡山出家，因织田信长讨伐比叡山而还俗学医，得到丰臣秀吉的知遇而任侍医，之后成为重要的近臣。

3　宗及：指津田宗及。

4　脍：醋拌生鱼丝。

5　引物：食案上添加的点心、菜肴等土特产。有前菜的作用。

6　胧豆腐：胧是指把鲷鱼、偏口鱼、虾等的肉研成泥调味煎煮的烹饪法。再加入豆腐一起煎煮就成了胧豆腐

一个悬而未决的问题。如果看作一道菜的话，再加上烤鲑鱼和脍就是一汤三菜了（不算米饭和咸菜）。或许还可以作以下解释，即将"酒浸鱼"和"脍豆腐"看作两种不同的菜，因为脍的材料也是用酒浸过的，脍豆腐是煮菜，放在锅里夹取。这样一来就成了汤、米饭、凉菜（脍）、煮菜（脍豆腐）、烤菜（鲑鱼），典型的一汤三菜了。解读古老的菜谱难以得出确凿无疑的结论。

　　日本饮食文化在桃山时代诞生了怀石，到江户时代有了非常显著的发展。19世纪随着饭馆的出现，食谱的刊行，食材的丰富以及食器的发展，基本形成了日本饮食。明治维新以后，西餐传入日本，形成了综合西方的饮食特色，日本饮食文化日益丰富。然而在现代日本饮食的发展中，怀石是一个很大的动因。今日享誉世界的日本饮食也是以怀石为基础，在和食的现代化过程中逐渐形成的。

第十三章　传统文化与现代

一、西欧化的浪潮

1. 插花的革新

在接触西欧文明的幕末维新时期，日本内部实际上已经具备了吸收欧美文明的能力，无论是在精神文化方面还是在技术与生活文化方面，幕末的日本文化都达到了非常高的水平。可以说，日本文化从一个方面支撑着日本现代的发展。

明治维新以后，日本快速吸收欧美文明，同时与自己的传统文化巧妙结合，形成自己独特的文化。比如，生活样式在文明开化的口号下发生了剧烈变化的时代，日本的建筑风格在公共空间都采用欧美建筑样式。政府机关、学校均为欧美建筑。一般住宅也至少会在家中的公共空间——客厅采用欧美风格。也就是说，从城市层面来看，与外来文化接触的公共设施采用欧美风格，在那里工作的人都穿西装。而日常生活的家庭则采用和式，人们穿和服。如果从住宅角度来看的话，就是客厅摆放桌子、椅子这样的西式家具，而起居室、卧室则铺设榻榻米。欧美样式与传统和风融合在同一所住宅内，形成了外在的表象世界与日常的内心世界和谐共存的现代日本生活样式。

如今，欧美的生活模式影响日本的不只是外在的公共空间了，它已深深地渗透到实际生活中，从根本上逐渐改变着日本人的生活。但是，传统文化也没有消失，而是出现在祭祀、婚丧仪式等非日常的场合，江户的时代风情仍旧保留在岁时活动中。

今天看来，传统文化不会绝对消失。然而，在文明开化时期，不假思索地引进欧美文明，不太关心传统文化，传统文化有所衰退。茶道家元基本没有了弟子，勉强度日。虽然插花与茶道不同，不依赖武士阶层，得到民众的广泛支持，但是在维新之后的一段时间，东京发行的插花类书籍的品种、销量一落千丈。对于传统艺能来说，文明开化是一个接受严酷考验的时代。

传统文化再次获得生机是在明治二十年代。明治十年前后，仅有文人花与以技巧性形式美著称的插花比较流行。明治二十年以后，终于出现了新动向，形成了以池坊为中心的全国性插花组织，建立了以家元为中心的中间教授阶层的团体。内容上令人瞩目的成果是开发了适合装点西式房间、可以多角度鉴赏的插花形式——

盛花[1]。插花在尝试与新生活样式相适应的自我变革。

所谓传统文化是指江户时代形成基本样式，并获得现代社会的价值认同与接受的文化。因此，它是在现代社会里被赋予新的现代性意义，经历适合现代生活某些变革的传统，而绝非发展到江户时代的文化一成不变地幸存至今。无论是插花还是茶道的这些新的诠释与样式的革新都经受了各种形式的考验。小原云心[2]、安达潮花（安達潮花）[3]等人在明治到大正时期，完成了盛花的开发，受到广泛的喜爱。他们为本来以花形为中心的仪式性插花注入新的风尚，追求插花的自由造型。昭和时代以后，山根翠堂等人倡导"自由花"的插花新样式，得到了知识阶层的支持，由此插花转变为

1　盛花：使用水盘、平盘等身低、口大的花器的插花。

2　小原云心（1861—1917）：小原流插花的创始人，雕刻家，因为身体不好而更多关注业余爱好的插花。1895 年设计开发了自然的盛花，1910 年命名小原式国风盛花，受到传统插花流派的嘲讽，却受到日益欧美化的大众的欢迎。1916 年正式命名为小原流，1918 年长子二代家元小原光云为盛花定下型制，建立起家元制度，学习者剧增。

3　安达潮花（1887—1969）：安达式插花的创始人，插花现代化的先驱。7 岁开始学习池坊插花，从早稻田大学中途退学专注于插花。提倡"抛弃一切沿袭成规、规定造型，不模仿"，1912 年举办了收费的插花展，剑山的使用、模仿欧美裁缝制作插花纸样等不断创新。1917 年开始尝试安达式插花。在欧美插花的启发下，开发了家庭插花，作为适应欧美生活方式的现代插花受到上层社会女性的大力支持。其建立的教育课程体系对于各流派都产生了深刻的影响。

小原云心

盛花

一种造型艺术。

昭和八年（1933），以重森三玲为中心，对插花进行积极的现代性评论。藤井好文、中山文甫、勒使河原苍风（勒使河原蒼風）等人发表了《新兴插花宣言》，于是"前卫插花"诞生了。它主张从花材中解放出来，从花器中解放出来，甚至还要从茶室中解放出来。从此，插花与生活诀别，通过自我变革，最终成为造型艺术。

"新兴插花宣言"并没有在这之后直接发展起来。不管怎么说，插花作为生活文化的特质，不是一朝一夕就能改变的。插花的主流还是保持了花材、花器以及室内装饰的特点。战后，前卫插花蓬勃发展，花道家们的艺术表现能力发挥了很大作用，另一方面，注重插花的造型美这种强有力的传统，在日本的现代文化中也没有动摇。

2. 茶道的现代化

茶道与插花存在相同的问题。在明治五年（1872）召开的京都博览会会场上，发表了使用椅子的茶道形式（立礼）。面对新的生活样式，茶道也做了相应的协调。但与形式上的变革相比，茶道理应更加注重谋求现代化的解释与功能。

明治二十年代，肩负新茶道使命的人们出现了。他们并不把茶道当作职业，而是作为兴趣来消遣的富裕的茶人阶层。其中有一位名叫井上馨（井上馨），号世外，他作为美术品的收藏家也非常著名。明治二十年（1887），在迁建至自家宅邸的茶室开席时，他家还迎来了明治天皇御驾光临。结果，明治维新时期一向被认为是游艺的一种而备受蔑视的茶道，因为用于迎接天皇的到访而被赋予了官方（公共）礼仪的含义。茶人对艺术品的收集也获得了人们的关注。关于这部分内容在下一章详细论述。

3. 作为国民文化的茶道

到了昭和十年代，茶道主角发生了某些变化。被称为现代雅趣者等少数茶道爱好者以鉴赏名物器具为中心的茶道被取而代之，出现了由家元领导的更为大众化的新茶人，直接从国民中产生。昭和十一年（1936），为了纪念丰臣秀吉的北野大茶会350周年，举办了一场大茶会。在约一周的时间里，北野神社就聚集了一万多人，盛况空前。明治初期濒临绝迹的茶道家元在急速恢复传统文化的潮流中，重新审视作为新的国民文化的茶道，从而诞生了以女性为主的庞大的习茶人群。

　　之所以出现女性参加茶道修习的现象，原因之一
是在女子教育中加入了茶道学习。也就是说，确立了
茶道作为现代女性的教养的新地位。将女子教育与茶
道相结合的先驱者之一是迹见花蹊[1]（跡見花蹊）。迹见
花蹊于明治八年（1875），在神田地区创办迹见学园，
在教授的八门科目中加入了茶道。迹见花蹊解释了其
理由：

　　　　现在女子学校也在进行礼仪训练，然而似乎
　　无法应用。我认为与练习礼仪相比，还是学习茶
　　道更为适宜。修习过茶道的人首先会知道自己应
　　该坐的位置。考虑到这里是通道，坐在这里会影
　　响进出等，然后选择适合的地方坐下。然而如果
　　是没有这种感受的人，即使有人让座，即便有充
　　裕的地方，也会坐在客厅的入口，俗话说狗崽上
　　厅堂，有的人坐得七扭八歪，好像只差一寸就要
　　倒下的样子。因此，对茶具的处理方式，从手的
　　姿势开始就知道是否理解了茶。（《迹见女子学
　　校五十年史》）

1　迹见花蹊（1840—1926）：教育家。生于大阪。名泷野。继承父亲
的私塾，之后移至东京，明治八年（1875）创建迹见学校（今迹见学
园女子大学）。

迹见花蹊

迹见学校旧图

　　迹见花蹊想要说的是，江户时代从属于武士礼法的小笠原派的礼仪教育并不适合现代生活，茶道反而是现代女性必须掌握的知识经验。到了明治时代后期，设置茶仪科作为选修科目的各地女子高中开始增加。随着女子教育的普及，茶道人口迅速增加，并以女性为主。江户时代被视为游艺的茶道有了新的诠释，那就是现代女性的文化修养，这是植入了现代意义的结果。

　　新的茶道人口又带来了杂志、报纸、广播等宣传媒介在茶道教育中的普及应用。龟山宗月（龟山宗月）最早通过无线电广播教习茶道。他从昭和二年（1927）四月开始连续做了十三次讲座。接下来的昭和八年（1933），茶人高桥箒庵（高桥义雄）做了题为"十二个月的茶道"的广播节目。教材销量超过 10 000 册。三年后，官休庵[1]家元千宗守[2]在做茶道广播节目时，教材一个月销量就达到 175 000 部。这应该也是购买教材、收听广播、学习茶道的人数吧。其实，人们不仅接受了茶道作为国民素养的新意义，通过媒体的宣传，茶道还

1　官休庵：茶道三千家之一的武者小路千家的标志性茶室，以朴素简洁著称。现在还有财团法人官休庵，官休庵成为武者小路千家的代称。

2　千宗守：茶道流派之一的武者小路千家家元名，从第四代家元一翁宗守开始袭名。

进入了教育体系，因而受到了广大国民的支持。就这样，国民的参加使得茶道由少数茶人的文化变为新时代的大众文化。作为日本传统文化的茶道就此确定了自己的地位。

二、现代化的含义

1.意义与方法

传统文化的变化并不只在表面形式与数量上，而是在深层意义和存在方式上发生了变化。第一，如前所述，传统文化被赋予了现代日本人的教养的意义。第二，包括大众传媒在内的信息媒体将传统文化纳入教育体系。第三，统括传统文化的家元的成长。

传统文化，尤其是艺能的传授，以前都属于密传，其根本是在非常封闭的师徒关系中传授，不夹杂外人。因此，传授最看重的是师傅的存在以及弟子领悟艺道的心，并不重视采用著述等文字化的传授方式。也就是说，现代以前的教育特征是希望在强制反复模式化的技术中，弟子亲身从整体上感知。

然而，现代教育则是把要学习的内容体系化，知识教授与学习都是通过书籍来完成，传统艺能最不看好的方法成为最主要的学习方法。后来，艺能的传授也逐渐导入这种现代教育方式，明治中期以后，关于茶道的普及读物迅速增加，出版了茶道杂志，越来越多的人通过新的信息媒体与茶道家元产生联系，其先驱是田中仙樵。田中仙樵于明治三十一年（1898）呼吁公开密传，否定流派，创立了新会派，将封闭的茶道传授的一部分改组进开放的教育体系。可以说这种做法对后来庞大的家元制度的发展来说是不可或缺的一步。

明治五年（1872），京都府给茶道家元颁发了游艺经济活动营业许可证，反映了世人将包括茶道在内的传统文化只看作一种谋生的手段。茶道作为老人与弃世绝尘之人的爱好，对急于步入现代化国家的明治人来说，无疑是一种无缘的存在。传统文化要成为现代国民的教养，必须让知识界认定它由游艺转变为新的教养了。昭和四年（1929），冈仓天心（岡倉天心）[1]的《茶之书》被收入岩波文库，成为知识分子学习茶道的入门书。在这前后，更多的知识界人士对传统文化产生兴趣，插花、茶道被视为日本文化的精髓，获得了同现代西方文化对等的地位。在此过程中，传统文化由艺能升华为艺

1　冈仓天心（1863—1913）：美术评论家、思想家。本名觉三。东京美术学校校长，创立日本美术院，成为明治时代日本画家的指导者。之后出任波士顿美术馆中国日本美术部部长，以用英文著述介绍日本文化著称，包括《茶之书》。

冈仓天心

术。通过现代性的重新解读，赋予传统新权威的艺术展现在国民的面前。

2. 家元的成长

国民不断加入修习茶道或是插花的行列，促成了家元的快速成长。日本的家元制度在江户时代前期的插花中形成了门徒名簿，是以中间教授层（取名制[1]）为

1　取名制：在艺道中，掌握了一定程度的技能之后，由家元、师傅授予艺名。

主干的等级性结构。到了江户后期，几乎所有的艺能都采用了家元制度。然而真正体系化的家元制度还是在现代社会形成的。

如前所述，在明治时代前期与中期，传统文化处于衰落状态。明治新政府对待传统文化非常冷漠，在新的教育制度中，抛弃了诸如音乐、美术工艺、武艺、艺能等传统技艺。在如此严苛的政治环境下，家元将传统文化勉强维持了下来。世人再次将目光转向传统文化是在明治时代后期。家元作为新的权威出现，无论在精神上还是经济上都给予弟子安定生活的家元制度被以女性为主的群体接受。

家元的权力由许可权、统治权、破门权构成。弟子入门后，家元会根据传授内容准备各类许可证书。然而弟子无论具有多么高超的技艺，礼法多么熟练，都无法成为家元。简而言之，证书的发行权（许可权）只有家元一人拥有。另外，弟子不能随意更改家元所传授的内容、编写教材和改变趣向。若是舞台艺能，就连演出权都是在家元的管辖之下（统治权）。弟子的创意如果没有家元的许可便不能发表。如果破坏了家元的规矩，弟子将被逐出宗门（破门权）。

像这样强有力的家元制度并非在所有的传统文化中都能确立。在传统文化中，只有形式性强的类型才能够建立家元制度。而在优劣客观分明的体育或是围棋、象棋等的世界家元制度很早就消亡了。另外，拥有大量业余爱好的弟子也是家元制度得以成立的条件。比如歌舞伎有很多戏迷，然而没有业余的弟子，因此无法建立家元制度。与此相对，能乐中就有大量学习谣曲的业余爱好者，他们支撑着能乐家元制度。

家元的这些特点与条件在昭和初期才逐渐得到强化，在战后的经济高速成长期得到充实。由于与日本战后经济的快速增长正好处于同一时期，人们开始关注日本式经营与家元制度的相似性。其实，日本的家元制度并不是单纯的封建制遗存，而是日本现代化特质的象征。

第十四章　现代雅趣者的世界

一、茶道的衰退与复兴

什么是雅趣者

　　明治维新给日本传统艺能带来了沉重的打击，特别是把经济基础建立在大名、武士阶层的家元都陷入了毁灭性的困境，茶道就是其中之一。没有人想学习茶道，茶器价格暴跌，尽管家元已竭尽全力，但要恢复以家元为中心的流派茶道还需要半个世纪以上的时间。对于明治初期的情形，我们可以通过雅趣者高桥箒庵的记述来了解大概。

　　王政维新在日本的历史上简直就是一个大瀑布。瀑布无论是在落口处还是在瀑布下面的深潭中都必然产生激荡的大波澜。伴随着人心的浮动，以往的社会组织发生了变革，正如茶事一般，一时无人顾及。昨天还是价值连城的古董，一觉醒来竟如草芥被人遗弃，各类名物书画被堆放在路旁的古董店里，惨不忍睹。茶道家元也是生活窘迫，靠出卖中国的名品茶具来养家糊口。维新以后，波澜渐趋平稳，人们看到了希望的曙光，最初得以恢复的是文人的书画和古董。明治三年、四年，新政府的官员们珍视书画，在其影响下，世人也逐渐谈及风流，出现了一批在这方面觉醒之人。明治十年西南战争（1877 年 1—9 月）结束，人心逐渐安定下来，此时便开始了茶事的复兴之路，各地出现了兴办茶会之人。正值诸大名没落之后，关心茶事之人仅限于民间的茶道老师，其茶风自然低劣，当然不可与我等使用名物茶具之人相提并论。当时如果买进廉价出售的茶道名器，家元们也会为之欣喜不已。若是看了明治十二三年前后的茶会记，再与大正昭和年间诸流派的茶会相比，其低劣程度令人震惊。然而若是列举此时致力于茶会复兴的茶人，可以说东部有松浦诠（松浦诠）[1]、渡边骥（渡边

1　松浦诠（1840—1908）：江户时代末期大名，平户藩第 12 代藩主贵族院议员。茶人，石洲流（第 4 代平户藩主松浦镇信建立的武士茶道流派）家元。1898 年，组织了轮流茶会团体"和敬会"，会员有松浦诠（心月庵）、青地几次郎（湛海）、石黑忠德（况翁）、（转下页）

骥）[1]、小西义敬（小西義敬）、益田克德[2]、安田善次郎[3]、大住清白[4]等。而京阪地区除平濑龟之辅（平瀬亀之輔）[5]之外，寥寥无几。（《茶道读本》）

经历了这样的衰退期后，为茶道再次走向复兴而发挥作用的人就是雅趣者。说到雅趣者，在现代茶道史上特意把他们与茶人区别使用。茶人是指属于某一特定流派，把教授茶道当作职业的人们。从广义来讲，将来

（接上页）伊东祐磨（玄远）、岩见鉴造（葎叟）、冈崎惟素（渊冲）、金泽三右卫门（苍夫）、户塚文海（市隐）、东胤城（素云）、东久世通禧（古帆）、久松胜成（忍叟）、松浦恒（无尘，松浦诠的亲戚）、三田葆光（枦园）、三井高弘（松籁）、安田善次郎（松翁）等16人，号称"十六罗汉"，后来增加了益田孝（钝翁）、高桥义雄（箒庵）。

1　渡边骥（1836—1896）：幕府末年松代藩士，参加倒幕运动，明治时代为检察长。

2　益田克德（1852—1903）：幕府臣下，明治官员，实业家、政治家，东京海上保险的创立者。

3　安田善次郎（1838—1921）：富士藩下级武士，幕府末年在东京经营钱铺，明治维新后改组为安田银行，一手缔造了以金融资本为中心的安田财阀。被国粹主义者朝日平吾暗杀。

4　大住清白：生卒年不详，东京果子铺风月堂主人，学习茶道石洲流，在茶道衰落时，与大久保北隐、松浦心月等在1879、1880年举办茶会，为茶道复兴做出了贡献。

5　平濑龟之辅（1839—1908）：经营大阪著名钱铺千草家，跟随千宗守家元学习武者小路千家茶道，收藏了大量著名茶器。

不足以教授茶道而是以茶作为修行之人也可称之为茶人。但与此相对，雅趣者则是指把茶道当作兴趣爱好来享受，而不是当成职业的人。他们大多都在金融界、政界担任要职，凭借雄厚的财力把收集美术品当成自己的爱好，并在此过程中喜欢上了茶道。

虽说是雅趣者，但各自都有自负的茶风，很难概括总结，这里试着根据年代差异划分考察。

表3　按年代划分的雅趣者

1	井上世外（馨）1836—1915 藤田香雪（传三郎）1841—1912
2	益田钝翁（孝）1848—1938 村山玄庵（龙平）1850—1933
3	根津青山（嘉一郎）1860—1940 高桥箒庵（义雄）1861—1937 原三溪（富太郎）1868—1939
4	小林逸翁（一三）1873—1957 松永耳庵（安左卫门）1875—1971

属于第一代的井上世外[1]和藤田香雪（藤田伝三

1　井上世外：名馨，雅号世外，明治、大正时代政治家，从一位大勋位侯爵。

郎）[1]，在西南战争[2]时就以其所拥有的巨大权力与财力，较早地开始收集茶道具了。第二代的益田钝翁（益田孝）[3]、村山玄庵（村山龍平）[4]等人活跃于明治时代后期。尤其是钝翁，堪称现代雅趣者的代表，作为雅趣者界的领袖而备受瞩目。第三代根津青山（根津嘉一郎）[5]、高桥箒庵[6]、原三溪（原富太郎）[7]等在大正时

1　藤田香雪：名传三郎，幕府末年、明治实业家，男爵。参加讨幕运动，维新后创设藤田组，成为陆军的供应商，经营矿山、土地开拓。从武者小路千家矾谷宗庸学茶，以美术品收藏著称，有大阪纲岛藤田美术馆。

2　西南战争：1877 年 1—9 月，以西乡隆盛为首的鹿儿岛士族发动的反政府叛乱。

3　益田钝翁：名孝，实业家，为三井财阀的发展奠定了基础。1906 年在小田原市板桥的别墅扫云台建了多个茶室，于是现代茶人纷纷移居小田原、箱根，为"小田原三茶人"之一（另两位是野崎幻庵和松永耳庵），被称为"千利休以后的大茶人"。作为爱好的茶器收集非常有名，钝翁的号也来自所收藏的茶器"钝太郎"，为表千家第 6 代家元原叟宗左所作黑茶碗。

4　村山玄庵：名龙平，《朝日新闻》社长、政治家、艺术品收藏家。1902 年在大阪实业界发起茶汤会。

5　根津青山：名嘉一郎，实业家，被称为铁道王，根津财阀的创设者，投资建立了武藏大学，去世后收集的艺术品收藏在根津美术馆。

6　高桥箒庵：名义雄，记者、实业家，50 岁引退，专注于茶道，撰写了《大正名器鉴》《东都茶会记》等大量茶道著作。作为护国寺的檀徒总代，试图把护国寺建设成茶道的总本山，修建了松平不昧的分墓、移建了园城寺日光院客殿、建造了茶室。

7　原三溪：名富太郎，实业家、艺术品收藏家。25 岁时已经收藏了5000 多件，去世后分散到各个美术馆和个人收藏家手中。

代发展各式茶风。大正时代是茶道具交易最为繁盛的时代，他们是大正时代的象征。第四代小林逸翁（小林一三）[1]、松永耳庵（松永安左衛門）[2]等活跃到第二次世界大战结束，与从昭和十年代就蓄势待发的家元时代相重合，也是见证茶道走向大众化的一代。这一代宣告了严格意义上的雅趣者时代结束，现代茶道在家元的时代发生了本质的变化。而明治二十年在井上宅邸举行的天皇行幸茶会象征着明治时代前期的雅趣者时代拉开帷幕。

世外井上馨作为外交大臣，凭借其与生俱来的权力全力以赴收集道具，积累了以著名的《孔雀明王画像》和徽宗亲笔的《桃鸠图》为代表的数量庞大的收藏品。明治二十年（1887），明治天皇行幸井上宅邸，因为安排了御览歌舞伎表演，所以在现代戏剧史上有极为详尽的论述。尽管天皇行幸是因为井上宅邸八窗庵开庵，但它在茶道史上的意义却不一定为人们所留意。

开席的八窗庵茶室源于南都东大寺的四圣坊茶寮。明治十三年左右，正仓院内的文物保存出现了争议，因

---

1 小林逸翁：名一三，实业家、政治家、茶人、艺术品收藏家、作家。艺术品收藏在逸翁美术馆。
2 松永耳庵：袭名安左卫门，为第三代，实业家、美术品收藏家、小田原三茶人之一。藏品最终收藏在东京国立博物馆、福冈市美术馆、京都国立博物馆、爱知县陶瓷资料馆等处。

八窗庵

其附近有一间茶寮，有发生火灾的危险，遂决定拆除四
圣坊。于是附属于四圣坊的八窗庵以 30 元的价格卖给了
澡堂。负责宝物调度的老人稻尾真履（稻尾真履）觉得
非常可惜，于是又加价 5 元买了回来，同时积极寻找有
保护能力的人。这便是茶寮进入井上宅邸之前的经历。

　　八窗庵是明治二十年移建到鸟居坂井上宅邸的，
四月二十六日举行开席仪式，迎接明治天皇的行幸。

　　天皇行幸井上鸟居坂宅邸与江户初期的将军行幸
甚为相似，从中可以看出茶道与行幸的关系，颇有意
义。将军行幸从光临茶室开始，宴会之后再举行能乐表
演。而行幸井上宅邸时用歌舞伎取代了能乐表演。因为

正仓院

井上是团十郎的戏迷，这天全权委托团十郎和新富座主守田勘弥，首次举行御览剧目。

据《世外井上公传》记载，当天宅邸的装饰是在大门处悬挂国旗，玄关处张挂印有紫色御用纹章的帷幕，舞台设在距离本馆五六间远的地方，天皇的观览台等设施都是新建的。供天皇参观的各个房间里都张挂着秘藏的汉和书画，摆放着盆景，庭院中还准备了篝火。终于到了午后一点，天皇驾临，首先"在偏殿休息片刻之后，由井上公带领参观了八窗庵，然后驾临表演场"。

天皇行幸井上宅邸向全社会表明，在明治维新持续的文明开化的风暴中被抛弃的茶道凭借明治天皇的权威而得以重生。尽管其背景是井上算计着通过天皇行幸来躲避世人对于以鹿鸣馆为象征的井上政策的批判，但是抛开政治意图不说，行幸茶会推动了雅趣者的产生，成为收集美术品、关注茶道的契机也是不争的事实。

二、三溪园的创建

1. 三溪原富太郎

要从众多的雅趣者之中推举一位代表性人物的话，原三溪当之无愧。理由是原三溪不仅仅是收藏家，还把自己的庭园三溪园向普通市民开放，做出了一系列社会贡献。另外，他还作为年青艺术家的资助者，活跃于各类艺术研究以及创作的赞助活动中，展现了雅趣者的多彩人生。

原富太郎出生于岐阜县，是青木久卫（青木久衛）的长子。外公是当地文人高桥杏村（高橋九鴻）[1]，可以说这样的家世对富太郎喜爱美术产生了影响。他十几岁就到京都学习诗文和汉学，后来，在东京一边继续求学，一边在迹见学园执教，期间与横滨的生丝贸易商原

1　高桥杏村：名九鸿，向中林竹洞学南宋画，从赖山阳学书，能诗。

善三郎的女儿原屋寿（原やす）结婚，成为原家的入赘女婿。富太郎把家族商会改为公司组织，积极扩大生丝贸易，建立生产基地，在世界各地都有派驻人员，企业经营获得很大成功。同时，富太郎开始了美术品的收集。

三溪作为收藏家而名声大振，是因为他收藏了井上世外持有的平安时代的佛画《孔雀明王画像》[1]。三溪在其手记《三溪贴》中写道：

　　此画是藤原（平安）中期的作品……传说是高野山某寺院的国宝。从建野乡三氏手上转归井上馨侯爵所有，明治三十七年，经由高桥箒庵氏做中间人，我才得以护持。当时，我向井上侯爵支付了全额达一万元的补偿。美术品价值一万元以此为先声。没想到这事却成了当时的社会问题，我的前辈及友人都因此为我担心，种种真诚的忠告和训诫纷至沓来。那时对于美术只是一般的爱好，我国的财力也很低，毫无益处的古董如此消耗国家财力的想法也不无道理。但是过

1　《孔雀明王画像》：孔雀明王是专食毒蛇的孔雀之神格化神祇，孔雀明王是孔雀经法的本尊，具有祈雨、禳除一切灾厄、带来安乐的神力。乘坐在金色孔雀上的四臂菩萨，手持孔雀羽毛、莲花、具缘果、吉祥果。藏于东京国立博物馆。

三溪园

三溪园内旧灯明寺本堂

了十四五年，到了大正七年、八年的时候，艺阿弥的山水画价值三十万元，信实歌仙画卷[1]也要三十万元，更让人瞠目结舌。国运的昌盛着实让人惊叹。（竹田道太郎《原三溪》）

包括原三溪在内的商界雅趣者都知道，美术品的收藏是一项比较有利的财产保值方式，当然也有人因为投机而收藏美术作品。但是三溪对美术品的挚爱绝不只是单纯的投资，而是包含了各种因素。其中首先值得说的，就是创建了今天向普通市民开放的现代名园——三溪园。

2. 三溪园

上一辈去世之后，三溪搬家到了本牧三之谷[2]。借用三之谷的溪水，建造了约二十万坪[3]的大庭园。首先于明治三十五年，把曾在大德寺天瑞院的天瑞院寿

1　信实歌仙画卷：藤原信实，生卒年不详，镰仓中期宫廷画家、歌人。镰仓时代开始流行著名歌人的肖像画，产生了很多以六歌仙、三十六歌仙为题的作品。其中传为藤原信实绘、后京极良经书、佐竹家藏的《三十六歌仙绘卷》最为著名。

2　本牧三之谷：位于现在神奈川县横滨市中区。

3　坪：建筑面积单位，1坪6平方尺，约3.3平方米。

塔覆堂[1]作为庭园一景移建到池塘旁边。这座覆堂建于天正二十年（1592），是桃山时代极为出色的建筑遗迹（已指定为重要文化遗产）。接着在明治三十九年，从奈良的法华寺迁出横笛庵，明治四十年从东庆寺迁来佛殿，大正二年将旧东明寺的三重塔迁至庭园内的山顶，大正四年开始着手移建三溪园的中心建筑临春阁。据说临春阁曾是丰臣秀吉聚乐第遗存的建筑，经过调查得知，它是纪州德川家在纪川河畔建造的别墅"严户御殿"的一部分，被视为江户初期最出色的住宅遗迹之一。三溪园除了这些建筑以外，还移建了以近世初期茶道界最负盛名的听秋阁[2]为代表的大量重要建筑，呈现出难以想象的古建筑庭园景观。三溪园将建

1　覆堂：本来是建立在重要文化遗迹之上的建筑，可是经过漫长岁月的冲刷，其自身产生了文化遗产的价值，成为重要的文化遗产，比如1124年建造的中尊寺金色堂覆堂。

2　听秋阁：1623年，江户幕府第三代将军德川家光进京时，命佐久间实胜在二条城内建造，当时称"三笠阁"，之后下赐乳母春日局，春日局的孙子、老中稻叶正则移建到了江户的家中，开始作为茶室利用，并对内部做了改造。到明治维新的1881年，移到二条基弘公爵宅邸，1922年赠送给原三溪，改名听秋阁。二层建筑，一层由茶席和次间构成，茶席不规整，铺设了不同大小的八张榻榻米，有床间、棚、付书院和坡度缓和的阶梯室。土间铺着非常少见的木地板，让人联想起停船场，因为当初临池而建。二层是两叠左右的小室，没有实用意义，只为外观考虑建造。

筑、庭园以及住在那里的人们的生活方式、美化生活的
器具与装饰等融为一个有机的整体。

三溪在移建这些古建筑时，并不是对它们进行复
原式保护，而是为了自己使用方便，或根据自己的审美
而进行大胆的改建，发生了很大的变化。这并不是为保
护古建筑而进行的移建，而是不同于学术性文化遗产保
护的雅趣者的生活文化观。因此如果从纯粹的文化遗
产保护角度来看的话，例如将著名的佐竹本《三十六歌
仙》剪裁后出售甚至是对文化遗产的破坏。但是，通过
大胆改造，把它们应用于雅趣者的实际生活，这一点不
同于当成死物封存在博物馆的玻璃柜中，只为保持器具
的本来面目。三溪对于古建筑的认识就是这样自由，不
过是作为三溪自己的审美世界三溪园构想的一部分而存
在，可以说是变成了活着的遗迹。

三、艺术的保护

青年画家们

原三溪的构想之所以引人注目，是因为他并非一
人独自享受，而是全面开放这雅趣者的世界，为市民
提供一个休憩的场所。在明治四十一年（1908）建成之
前，明治三十九年五月，他就已经向市民开放了外苑的

一部分，为市民提供接触古建筑的机会。

　　三溪不仅公开了庭园，连自己珍藏的美术品都毫不吝惜地提供给青年画家与研究者，可以看出他确实想为研究提供帮助。三溪的收藏品除了之前所说的《孔雀明王画像》，还有著名的《寝觉物语绘卷》[1] 等，以这些精湛的绘画为中心的墨迹、雕刻、器物、茶道用具等，数量庞大。

　　三溪积极援助日本青年画家，让他们自由观览自己收藏的美术品，还给予他们经济援助，购买他们的作品。由此，在三溪的周围聚集了安田靫彦[2]、今村紫红[3]、小林古径[4]、前田青邨[5] 等画家，以及研究者矢代幸雄[6]，后来哲学家谷川彻三（谷川徹三）[7] 等也加入

1　《寝觉物语绘卷》：推定为平安时代末期（12 世纪后期）的作品，国宝。悲剧恋爱小说《夜半觉醒》的画卷。藏于大和文华馆。

2　安田靫彦（1884—1978）：画家，师事冈仓天心、小堀鞆音，擅长历史题材绘画，《飞鸟之春的额田王》是日本写实画的顶峰。

3　今村紫红（1880—1916）：师事松本枫湖，以大胆的技法与构图、新鲜的色彩感觉贡献于现代日本画的革新。

4　小林古径（1883—1957）：日本美术院核心画家，发展大和绘的传统，建立新古典主义画风。

5　前田青邨（1885—1977）：对大和绘光琳派技法有独特的理解，进而确立了清新、丰丽的画风。

6　矢代幸雄（1890—1975）：美术史学家、美术评论家。

7　谷川彻三（1895—1989）：哲学家，著有《茶的美学》等。

进来，将美术评论推向高潮。安田靫彦在其回忆录里写道：

　　（明治）四十五年前后，正值三溪园建设之中，原氏的收藏已达到了前所未有的鼎盛时期，我们每个月都被邀请到三溪府邸，住下来欣赏名作，发表各自的意见，三溪氏如同辈一般参加讨论，此外还有田中亲美氏[1]。似乎出于让我们自然而然地吸收他的蕴蓄的想法。在与原氏接触的过程中，他宽广的胸怀、卓越的见识、谦虚的为人，令人由衷地称他为三溪先生。每次集会他都会拿出几幅东洋名画，有时甚至多达十几幅，经常彻夜畅谈。这样天堂般的集会持续了一年半到两年的时间。（《原三溪翁生诞百年纪念 追忆三溪翁》，竹田道太郎《原三溪》）

　　纵观原三溪雅趣者的世界就会发现，茶道是其核心之一。传统生活文化之美当然不可能离开茶道。如前所述，度过了明治维新的茶道衰退期，到了明治二十年

1　田中亲美（1875—1975）：书法家、画家、鉴定收藏家，师事多田亲爱，完成《隆能源氏绘卷》《平家纳经》等文化遗产的复原复制工作。

以后，由雅趣者掀起的茶道复兴不断推进，其中三溪所做的工作很有意义。明治后期，三溪开始建造庭园，其中设置了几座茶室，在不断举行的茶会上，三溪的身边都会出现前辈级的益田钝翁、马越化生[1]、高桥箒庵的身影。特别是益田钝翁与三溪关系密切，钝翁还把在箱根强罗建造的茶室白云洞送给了三溪。三溪在白云洞的旁边增建了一间广间对字轩，经常在这里避暑。这间茶室在三溪逝世之后，赠予松永耳庵，今天依然可以在强罗公园[2]一览其旧日的风采。

这些雅趣者的茶道就像三溪那样，以美术鉴赏为中心，并不在意茶道的点茶程式、礼法。他们摆脱了江户时代形成的、修习本位的游艺性茶道，具有强烈的艺术鉴赏取向。这是现代重新解释茶道的产物。结果是雅趣者不再拘泥于以往茶道具的限制，不断加入佛教

1　马越化生（1844—1933）：名恭平，实业家，大日本麦酒社长，被称为"日本啤酒王"。因为任职于三井物产，深受三井财阀益田孝的影响，随江户千家宗匠川上宗顺学茶，1884 年在家里举行茶会，款待安田财阀领袖安田善次郎。

2　强罗公园：明治时代以来开发的贵族等上层社会的别墅地、避暑地，1914 年开园，当初在西式庭园旁建造了日式庭园，可是二战之中转让给了世界救世教，现在是箱根美术馆的庭院。2011 年，白云洞以农家风格房间的先驱被登录为有形文化遗产，2013 年，强罗公园也以基于明确轴线的创意与构造以及与地质的有机结合，对于造园文化做出了贡献而被国家登录为纪念物。

美术、古人墨迹、大和绘等内容，大大拓展了茶道的世界。另外，三溪将珍藏品对外公开的精神，在他死后通过财团的形式运营而得以持续，最后形成了美术馆的对外开放形式。当然其背景也包含完整保存这些收藏品的经济上的考虑，然而正因如此，我们才有幸看到这些贵重的美术品。由此陆续诞生了根津美术馆[1]、藤田美术馆[2]、逸翁美术馆[3]、五岛美术馆[4]、畠山纪念馆[5]等由雅趣者的收藏品建立起来的美术馆。

1　根津美术馆：位于东京都港区的私立美术馆。由实业家根津嘉一郎捐赠的茶器、佛教绘画等收藏品和宅邸、庭园等构成。

2　藤田美术馆：位于大阪市都岛区的私立美术馆。以实业家藤田传三郎及其子的收藏品为核心，在茶器、绘卷、佛典之外，还有国宝曜变天目茶碗。

3　逸翁美术馆：位于大阪府吹田市的私立美术馆。1957 年，在阪急铁道创业者小林一三的宅邸雅俗山庄展览其收藏的美术品，2009 年迁至现在的馆址。

4　五岛美术馆：位于东京都世田谷区。收集了东京急行电铁创业者五岛庆太的藏品，尤其藏有《源氏物语绘卷》《紫式部日记绘卷》等 5 件国宝。

5　畠山纪念馆：位于东京都港区的私立美术馆。藏品是实业家畠山一清收藏的、以茶道具为中心的日本、中国美术品。

第十五章　现代工艺运动与柳宗悦

1. 工艺的特质

在艺术品中，作为应用艺术的工艺品，曾经是日本人的传统生活用具，也是一种装饰品。它们不是专供鉴赏用的艺术品，而是以人类生活为目标的工具，特质是为生活服务。

工艺品大致可以分为两类。一类是盛大的仪式活动或艺能表演时使用的珍奇且贵重的工艺品。比如来自中国的中世唐物是连享用者都非常有限的贵族性的工艺。另一类工艺品的世界，是并不亚于贵族性工艺品的民众的工艺品世界。侘茶的先贤们并不独尊贵族性的工艺品，反而在日常的民众工艺品中发现了符合侘的审美意识的器具，并据此制作出了新的工艺品。但是从此以后，日本人在不知不觉中失去了另一种工艺，即民众工艺品的美。

到了现代，有一个人重新发现了民众工艺的世界，并立足于此发动了一场新的工艺运动，他就是被称为"民艺之父"的柳宗悦。大正十五年（1926），但柳宗悦从民众的工艺这一含义出发，创造了"民艺"一词。因此，民艺从诞生以来仅仅经历了不到百年的岁月。然而，在最近这几十年里，民艺一词泛滥，意义和内容与柳宗悦当时所说的早已不同。接下来就一边回顾柳宗悦的民艺论，一边思考它的历史意义。

2. 柳宗悦与朝鲜

明治二十二年，柳宗悦（1889—1961）出生于东京，他的父亲是海军少将柳犹悦（柳楢悦），于是他进入学习院[1]初等科学习。年幼时就喜爱文学的柳宗悦从中等科升入高等科以后，成立了社团组织。高年级学生有志贺直哉（志賀直哉）[2]、武者小路实笃（武者小路実篤）[3]、

1　学习院：明治十年（1877）设立的皇族、华族子弟学校，由宫内省管辖，位于日本东京丰岛区。其历史可以追溯至日本仁孝天皇在京都御所设立的学习院。1947年学习院大学转换为新制大学，成立学校法人学习院，面向全社会招生。

2　志贺直哉（1883—1971）：作家，以强烈的自我意识和简洁、明了的体裁撰写了优秀的现实主义文学作品，如《在城崎》《暗夜行路》《和解》等。

3　武者小路实笃（1885—1976）：作家。早期站在人道主义立场宣扬乌托邦，战争中成为狂热的军国主义分子，战后被开除公职。有小说《天真的人》，剧本《他的妹妹》以及传记小说《释迦摩尼传》等。

柳宗悦

有岛生马（有島生馬）[1]、里见弴（里見弴）[2] 等人。明
治四十三年（1910）四月，他们联合创办了文艺杂志
《白桦》，柳宗悦就是所谓白桦派的一员。

　　白桦派是年轻的理想主义文学青年的集会，他们

1　有岛生马（1882—1974）：画家、作家。欧洲绘画师事藤岛武二。
小说有《如蝙蝠》《谎言的美》等。
2　里见弴（1888—1983）：有岛武郎、生马的弟弟，被过继给舅舅，
名山内英夫，作家，代表作有《善心恶心》《多情佛心》《安城家的兄
弟》等。

日本民艺馆 外部

日本民艺馆 内部

重视自我，高度评价由个人的天生才能所产生的具有创造性的艺术成果。但是柳宗悦的想法却与白桦派有些许不同，他并不满足于自我创作，而是将自我与自然融为一体进行艺术创作。青年时代的柳宗悦喜欢探究人的灵魂所产生的超能力或是人死后存在灵魂的学说。他倾心于现代理性主义无法解释的，即前现代的神秘主义。换言之，柳宗悦自身不仅喜欢白桦派推崇的欧洲后期印象派美术，也被18—19世纪的欧洲浪漫主义世界所吸引。柳宗悦经常关注的英国浪漫主义文人是威廉·布莱克（William Blake）[1]。

布莱克1757年生于伦敦，虽然不被世人接受，但是留下了惊人的以纯净无瑕贯穿始终的诗作和大量的绘画作品。虽然威廉·布莱克没有得到英国本国关注，柳宗悦却在二十几岁时出版了他的研究专著。

既然艺术不是由个人的天生才能创作出来的，那么艺术的创作主体又来自哪里呢？柳宗悦关于艺术创作主体来自民族内部的认识源于他与朝鲜艺术的邂逅。《白桦》的一位读者在拜访柳宗悦时，作为礼物带来了朝鲜李朝的白瓷罐。柔和的白色瓷上用一种称为

1　威廉·布莱克（1757—1827）：英国第一位重要的浪漫主义诗人、版画家、虔诚的基督徒。主要诗集有《纯真之歌》《经验之歌》等。

回青[1]的釉料画着几株秋草。柳宗悦的心瞬间被这只白瓷罐攫获。大正五年（1916），他奔赴朝鲜，发现朝鲜的瓷器既不同于日本，也不同于中国，散发着一种独特的平静而柔和的美。

柳宗悦访问朝鲜三年后爆发了三一运动。大正八年（1919 年 3 月 1 日下午 2 点），33 名义士在汉城发表了联合署名的独立宣言。一时间独立万岁的呼声响彻汉城整座城市，进而波及整个朝鲜半岛，反抗日本殖民统治的独立运动持续了三个月之久，整个朝鲜都处于动乱状态。日本军队与警察彻底镇压了这场独立运动，柳宗悦的内心受到了强烈震撼，他立即在《读卖新闻》上发表了文章《朝鲜人随想》：

设想我们日本人站在朝鲜人的立场上。恐怕满怀义愤的我们日本人会策划更多的暴动吧。高呼"这正是有德之士作为志士烈女实现理想的最佳时机！"正因为不是我们，所以斥之为暴动。我不认为反抗是明智之举，是值得称赞的态度。但是我想，只是咒骂他们，逮捕他们，不过是

1　回青：颜料名，石青中最珍贵者，日本称为"吴须"，可作烧制瓷器的原料。

反映出我们自己充满矛盾的丑恶愚蠢而且狭隘的内心。

柳宗悦超越了一般日本人的朝鲜观，他之所以能够直视朝鲜问题，是因为他不是用过去的知识去理解朝鲜，而是直接从朝鲜产生的艺术之美中体会朝鲜，他比任何人都热爱那种美。朝鲜的陶瓷、石佛寺的雕刻以及光化门[1] 等朝鲜之美告诉柳宗悦，美的创造主体是朝鲜民族，美的创作者不是姓名明确的个人，而是没有留下姓名的民众。

3. 民艺的提倡

从朝鲜之美受益颇深的柳宗悦回首日本，以往被无视的美的世界不断涌现出来。比如，江户时代的宗教家木喰（木喰）[2] 上人所作的佛像群、被视为拙劣之物

1　光化门：李氏朝鲜（1392—1910）景福宫的正门，三拱券砖石结构，意为"光照四方，教化四方"。1926 年，日本在景福宫原址建朝鲜总督府，原有建筑被拆除。1995 年光复 50 周年之际，为清除日本统治的象征而拆除了总督府，复建景福宫，朴正熙手书光化门的韩文匾额。2010 年重建光化门，恢复汉文本匾额。

2　木喰（1718—1810）：不属于特定寺院、宗派的游行僧，所到之处用一棵树木刻佛像供养，也因此成为佛像雕刻家。

的日常杂器、农活中使用的农具、工作服的染织技术，这些民众的工艺品让柳宗悦为之倾倒，开始关注它们的创造主体。没有留下姓名的百姓便是这些美的创造者。虽然不能写出创作者的历史，也无法讲述它从国外传入的故事，但是柳宗悦认为，这种工艺品比著名艺术家的任何作品，比中国舶来的任何名物都要美。

柳宗悦的周围也聚集了一批对他的观点和理论产生共鸣的工艺作家，如富本宪吉（富本憲吉）[1]、河井宽次郎（河井寬次郎）[2]、浜田庄司[3]，还有《白桦》时代的友人伯纳德·利奇（Bernard Leach）[4]。大正十五年，他们发表了《设立日本民艺美术馆意见书》：

---

[1]　富本宪吉（1886—1963）：陶艺家、人间国宝。英国留学，开拓了彩绘瓷器的新境界，白瓷、青花瓷也很优秀。

[2]　河井宽次郎（1890—1966）：陶艺家，与柳宗悦等推动了民艺运动，在中国和朝鲜陶瓷的启发下，形成了独特的技法和风格，追求应用之美，以朴素、厚重著称。

[3]　浜田庄司（1894—1978）：在英国师事伯纳德·里奇，回国后对益子陶瓷（栃木县益子町）的发展做出了贡献，作品质朴、有力。

[4]　伯纳德·里奇（1887—1979）：英国艺术家、陶瓷家。毕业于博蒙特学院与伦敦美术学院。在日本学会了制造"乐烧"和介于陶器与瓷器之间的炻器的技艺。1920年在康沃尔郡的圣艾夫斯开设利奇制陶厂。大部分产品明显受磁州陶器与日本制陶师的影响。著有《一个陶工的代表作选》《日本的一位陶师》《乾山风》等。

　　时机已经成熟，志同道合者汇集于此，计划设立"日本民艺美术馆"。

　　若想寻求产生于自然，健康、朴素而富于生命力的美，就一定要来民艺的世界。长期以来，我们注意到美的主流就贯穿于民艺之中。然而不可思议的是，民艺的世界与日常的生活交织过深，人们认为它太过普通，缺乏品位，而不屑一顾。至今没有人愿意把这种美铭刻于历史。为了纪念我们对于这些被埋没的宝藏无尽的热爱，将建立美术馆。

　　当然，我们所收集的作品主要属于工艺领域。它们都是身边的人亲手制造的现实生活中的用具，尤其是民众使用的日常杂具，因此，恐怕是每个人都曾见过的东西。然而直至今日几乎没有人看到它的惊人价值。人们一定会诧异，这些我们经常看到的东西到底哪里美。这座美术馆的意义便在于，它会一扫所有人的疑虑，向世人展示全新的美的世界，带来意想不到的惊异。

宣言建议的成果是昭和十一年建成的日本民艺馆。其中，值得关注的是没有使用纯粹艺术意义的"美术"一词。

4. 民艺的特性

那么，柳宗悦所创造的民艺拥有怎样的特点呢？

其实，工艺的概念范围很广。柳宗悦认为其中的正统工艺就是民艺，正统工艺的条件与特性如下：

> 所谓正统工艺，第一必须具有实用性。就是说，工艺的本质是使用。因此第二点是为了让更多的人使用必须大量生产的工艺，而且，工艺必须是廉价商品。也就是说必须是日常用品。第三，好的工艺是使用优质材料的手工艺。第四，手工艺要求具备熟练的技术，需要工作者的民众的能力与协作。民众并不是为了创造美而制作工艺，而是在无意之中创造出完美之美。第五，民艺以其单纯程度为美的主要要素。复杂而病态的细腻与民艺的健康之美相去甚远。单纯、朴素、简洁之美才是民众之美。正因如此才是适合日常生活的用具。

柳宗悦的民艺论由三大支柱构成。第一，什么是民艺？收集可以作为美的标准的民艺展示。第二，民艺为什么美？提出了理论依据，使民艺概念得以普及。第三，将理论转化为实践，发起了所期待的民艺美的新工艺运动。也就是说，以什么是美这种审美批判为基础，再建构为什么美的民艺理论，建立新的审美理论后发起让民艺主导的表现美的工艺遍布世界的美的运动。民艺运动集批判、理论、实践于一体。

经过反复尝试，昭和十一年（1936），第一点提出的美的标准以柳宗悦在东京驹场建成日本民艺馆的形式得以实现。柳宗悦决定，民艺馆采用关东北部独特的石屋顶式建筑[1]，在大原孙三郎（大原孫三郎）[2]的援助下，着手民艺馆的建设。在只以道路相隔的普通民家住宅对面，设计、建造了与同是石屋顶的民家住宅极其相称的民艺馆。现在这里已经收集了约一万件民艺品。柳宗悦的收集活动还从日本本土扩大到东亚各国，甚至欧美。

昭和二年（1927），柳宗悦出版了被称为民艺论集大成之作的《工艺之道》，关于第二点民艺理论得到普及。这本书在之后的民艺运动中被尊为经典。昭和六年（1931），杂志《工艺》创刊。可以说《工艺》杂志本身

1　石屋顶式建筑：对马特有的建筑形式。用板状的粘板岩、页岩铺房顶，主要用于储藏谷物的干栏式仓库。

2　大原孙三郎（1880—1943）：以基督教的理想主义奉献于社会事业的实业家。仓敷纺织的社长，创设了大原社会问题研究所、大原农业研究所、大原美术馆等。

就是一件工艺品，它的纸张使用手工制作的和纸，封面或用同事亲手织的布，或用漆画，或用纸板印染等使用民艺范畴的工艺作品装饰。民艺运动通过《工艺》杂志扩大了影响力，发展成为全国性的运动。

不同于以上两个尝试，关于第三点的实践运动是混乱而分裂的。柳宗悦所倡导的民艺的出发点是不突出个人，在大家的同心协力中寻求发展，因此，所创立的协团[1]不一定称得上成功。因为对民艺运动产生共鸣的人中，接连出现了不少有独特个性的作家。他们不再是无名的民众。也就是说，民艺运动在前现代的工艺理想与自我觉醒的现代人之间痛苦徘徊。

晚年的柳宗悦逐渐形成了可以称为佛教美学的独特理论。他所说的民众其实就是作为人所应有的姿态，我认为这可以理解为是一种宗教式的存在。他正在摸索一条拯救人类的美与精神的可行之路。

柳宗悦晚年的另一个课题就是改造茶道。他在民艺运动开始之时就发觉自己所做的事情与武野绍鸥、千利休等初期茶人的趣向极为相似，而且初期茶人挑选的茶道具与民艺共通，因此柳宗悦对茶道产生了浓厚的兴趣。但是他难以接受在现实的家元制度保护下的茶道。

1　协团：民艺运动中建立的协会性质的组织。

为此，柳宗悦撰写了《茶之改革》，对茶道展开批判，希望拥有初期茶人那样的眼光。另外，柳宗悦用自己收集的工艺品举办了实验性的茶会。

因为柳宗悦的茶道批判缺乏与现实茶道界的对话，所以没有形成大规模的运动。不过，现在看来有不少值得倾听的主张。此外，他对茶道的批判也略显仓促，缺乏对茶道意义的评价。尽管如此，但重要的是柳宗悦认识到茶道最终的诉求是人们的生活本身，茶道与人们的生活方式息息相关。由此看来，他的茶道理论已经达到了村田珠光以来发展至今的茶道的原点；同时也成为将生活与艺术融为一体的日本的生活文化观。

后　记

当今世界正面对全球化的新局面。面对国界的模糊与价值观的急剧变化，现在的诉求是日本人自身对日本文化的理解。首先，日本人如何面对日本文化传统？其次，日本文化对于加深国际理解发挥了什么作用，是否拥有普遍意义？对此需要探索。过去，茶道和插花被不假思索地当作日本文化来介绍，以满足西方人的异国情调。如今意识到需要深思熟虑。日本的茶道和插花包含着民俗、宗教等内容，因立足于日本人的生活而意义深远，在生活与艺术的结合中发展。今后国际化的方向要通过视觉性的传统文化呈现，传达日本人的精神和生活文化的深邃内涵。我坚信，日本独特的生活文化将有可能在这种全球化的文化理解中发挥新的作用。

译后记

在《日本生活文化史》即将付梓之际，首先要感谢广州市社会科学院陶乃韩先生的热心引荐，感谢北京大学出版社王立刚、魏冬峰、赵聪等多位编辑的付出。感谢立教大学教授中村修也先生不厌其烦的答疑解惑。

2002 年，我根据《日本生活文化史——以茶道和插花为中心》（山根有三、熊仓功夫著，旺文社，电视大学讲座，1981 年）、《生活与艺术：日本生活文化史》（熊仓功夫著，日本放送出版协会，1985 年）和《近代日本的生活与艺术》（大浜彻也、熊仓功夫著，放送大学教育振兴会，1989 年）编辑、翻译了熊仓先生的部分为《日本生活文化史》。最后李孟娟根据后来出版的熊仓功夫先生的《茶道与插花的历史——日本生活文化》（放送大学丛书，左右社，2009 年）整理，我又加上注释，完成了现在的书稿。从这个周期也可以看出本书的出版有多么不易。

日本艺道深受中国人喜爱，决定性的原因恐怕就是共情，而共情的根本是中日文化的共通之处，再具体地说就是拥有共同的对生活与艺术的关系认识。中国也出版了一些日本的著述，但是熊仓功夫的学术地位恐怕是最高的，甚至迄今为止在世界范围的茶文化研究者中也是罕出其右者。

看到校样才有出版的真实感觉，不由得想起初次见熊仓先生的情形。1998 年，在时任日本国立民族学博物馆馆长石毛直道教授推荐下，我开始师从熊仓先生研究茶文化。26 年了，要用一个词语形容熊仓先生的话，那就是风流——魏晋风流。

> 所谓"魏晋风流"，是在魏晋这个特定的时期形成的人物审美的范畴，它伴随着魏晋玄学而兴起，与玄学所倡导的玄远精神相表里，是精神上臻于玄远之境的士人的气质的外现。……玄学指的是一种哲学思想、时代思潮，风流指的是在这种思想和思潮影响下士人精神世界的外现，更多地表现为言谈、举止、趣味、习尚，是体现在日常生活中的人生准则。[1]

1　袁行霈：《陶渊明与魏晋风流》，成功大学中文系主编：《魏晋南北朝文学与思想学术研讨会论文集》，台北：文史哲出版社，1991 年，第 572—573 页。

　　熊仓先生是最符合魏晋风流标准的现代风流人。
倜傥的举止，雍容的谈吐，帅气的外形，渊博的学识，
宽容的度量，正直的品行，内在与外表达到了最完美的
匹配。对我来说，能有一个憧憬真是莫大的享受。

关剑平

2024 年 4 月 30 日于此此斋（径山五峰山房）

图书在版编目（CIP）数据

日本生活文化史 /（日）熊仓功夫著；关剑平，李孟娟译 . —北京：北京大学出版社，2024.6

ISBN 978-7-301-35072-0

Ⅰ.①日… Ⅱ.①熊… ②关… ③李… Ⅲ.①文化史 – 日本 Ⅳ.① K313.03

中国国家版本馆 CIP 数据核字（2024）第 102569 号

书　　　名	日本生活文化史
	RIBEN SHENGHUO WENHUASHI
著作责任者	〔日〕熊仓功夫 著　关剑平　李孟娟 译
责 任 编 辑	魏冬峰
标 准 书 号	ISBN 978-7-301-35072-0
出 版 发 行	北京大学出版社
地　　　址	北京市海淀区成府路 205 号　100871
网　　　址	http://www.pup.cn　新浪微博:@北京大学出版社
电 子 邮 箱	zpup@pup.cn
电　　　话	邮购部 010-62752015　发行部 010-62750672
	编辑部 010-62753154
印 刷 者	北京九天鸿程印刷有限责任公司
经 销 者	新华书店
	880 毫米 × 1230 毫米　32 开本　8.125 印张　138 千字
	2024 年 6 月第 1 版　2024 年 6 月第 1 次印刷
定　　　价	78.00 元